# 天字醫號

得天醫者得天下

#獸獸

顧晚晴在山上撿回來的男孩子。
單純可愛，像是剛出生的雛鳥，
對顧晚晴有著十分強烈的依賴。
因為背部的麒麟紋路被認出，
他與顧晚晴因而被拆散，被迫回到了親生父母身邊。

# 袁授

自幼與家人失散的王爺世子。獸獸的時候很單純可愛，回歸到鎮北王身邊後因受到殘酷的生存調教而變得冷酷，認為世間一切都可為之所用，包括感情，但心裡最深處仍然眷戀著最初時的那分純淨。外表明朗如陽，內心深沉冷厲。

# 目錄

## 第八十四章

# 【對戰揚威】

「顧氏之女顧還珠，為顧家第三十二任天醫！」

隨著大長老的話音落下，在場所有顧氏族人全部站起，朝著顧晚晴齊齊拱手，算是見禮。因接任天醫另有儀式，還需上表朝廷等諸多要事，故而目前並不能以「天醫」相稱。待一切接任儀式等流程走完，才會正式承認顧晚晴的身分。

從顧長德手中接過裝著天醫玉的朱漆托盤，看著擺在紅絨布上的天醫玉，顧晚晴拿著托盤的手緊了一下。

她是天醫了，她要走的天醫之路，也才剛剛開始。

「久聞顧氏神針無敵……」一直冷眼旁觀的老道再度開口，「不知這位新上任的天醫大人可否展示一二？」

這話說出來，又是引得顧氏族人一片難看面孔。可是泰安帝沒反對，誰又敢有意見？沒辦法，顧長德只好上前道：「梅花神針確實是顧氏立族根本，所以繼任天醫者要入長老閣學習四年，未學成前，不得示於人前。」

「還有這個規矩？」泰安帝很意外，「我記得你兄長那時……」

顧長德忙道：「草民的兄長是自幼便被確定立為天醫繼承人，所以梅花神針也是自小修習，到他正式繼任天醫時，已能運用自如了。」

「原來如此……」

泰安帝本性隨和，這事說說也就罷了，並無意追究。奈何他身邊那老道不依不撓，「難道說在天醫學成之前，顧家再無人使得出梅花神針？那顧家還擔得什麼『天下第一』的名頭。」

「道長慎言。」大長老陰沉著臉，「我顧家有族訓，一旦進入長老閣便不得在外行醫，不過為滿足道長的求知之心，老夫一破族規又有何妨。」

顧長德聽罷，面色沉得更甚，族規本是家主而定，大長老一旦破除，將來的話語權定然更多，但眼下非常時期，他也只能由著大長老了。

「大長老……不必急躁。」說話的卻是顧晚晴。

顧晚晴早就看這老道不順眼了，只不過剛剛她沒有立場說話，現在則不然，雖沒還有正式繼承天醫之位，但她身分已定，便有資格說話了。

暫時叫住了大長老，顧晚晴這才抬頭直視那個老道：「恕我唐突，請問這位道長是……」

「絕塵法師。」傅時秋接了話，又用眼睛瞟著那老道：「法力無邊呢。」

顧晚晴笑了笑，「聽道長的意思，對梅花神針仰慕已久，本來讓道長一開眼界也非什麼難事，但族規所限，在道長看來不過是尋常小事，可在我顧氏族中，卻是壞了祖宗家法的大事，還望道長見諒。」

絕塵輕哼，「啪」的一抖衣襬站起身來，傲然道：「推脫之辭不必再言，貧道本是聽聖上對顧家偶有讚賞，這才起了討教之心，原還想與你們論論醫法道法，現在看來，也不過爾爾。」

泰安帝也道：「是啊，絕塵法師還備了一些丹藥，準備和你們切磋切磋的。」

顧晚晴早看出這老道不安好心，否則素不相識的，怎麼一個勁的針對顧家？聽了這番話才了然，敢情這老道是想拿顧家做墊腳石，踩掉顧家好在泰安帝面前露露臉……她現在身為顧家的領導人之一，怎麼能讓他失望而回呢？

「皇上明鑒。」顧晚晴躬身說道：「顧氏醫術享譽百年，若無真本事，豈可傳續至今？現下雖無法讓絕塵道長一飽眼福，但顧家也有其他神技，願與道長切磋一二。」

「哦？」泰安帝興致大起，「是什麼神技？」

在場所有人視線都緊盯著顧晚晴，顧長德與大長老的眼中都帶著不同程度的擔憂。顧晚晴卻是安之若素，微微昂首，朗聲道：「此法名為『天一神針』，同為我顧家不傳之秘，無論何種病症，只需一針，症狀即可緩解，可謂是急救保命的不二法門。當初為太后診病，便是運用此法，令太后鳳體無恙。」

她這話一出，顧家許多人都面面相覷，因為他們並未聽說過什麼「天一神針」。

只有大長老和顧長德二人心中有數，對視一眼後，大長老微一點頭，顧長德總算舒了口氣，上前一步道：「啟稟聖上，此法乃是上代天醫鑽研而出，可惜上代天醫遭遇變故，並未來得及將此法發揚光大，現下由他的女兒重拾此法並加以完善，終成神技。」

泰安帝大喜，「既然如此，朕必要見識一番。法師，你想個題目，與他們切磋切磋吧。」

絕塵應聲稱是，從桌後走出，一揮動手中拂塵，手中忽然多出個瓶子，「此乃貧道煉出的『三花合命丹』，可解天下間任何毒劑，既然妳對那『天一神針』這麼有自信，不妨我們就比比解毒吧。」

他就是個變戲法的吧！顧晚晴撇撇唇角，「一切聽從法師安排。」

絕塵又一揚拂塵，手裡又多個小瓶，「此乃貧道臨出宮時向皇上求得的鴆毒，我們便以此為題，各自施展吧。」

這不要臉的，誰知道他瓶子裡放的到底是不是鴆毒！顧晚晴在心裡大罵，可罵歸罵，看看泰安帝一臉適然，顯然早就知情。當下顧晚晴也不反對，向身後小廝吩咐道：「去找兩隻藥獸，供我與道長施展。」

「慢！」絕塵輕笑，「畜生有口難言，如何辨別何種方法為上？不如找人來試。」

顧晚晴臉色一變，這人心腸實在歹毒，鴆毒，可是見血封喉的。

「妳可是擔心無法解毒？」

絕塵極為緩慢的「呵——呵」一笑，「無妨，縱使神針無效，貧道的『三花合命丹』也可留魂奪魄，保人性命無虞。」

以人試毒，這在醫學界是會受世人唾罵的，可顯然這位絕塵道長不在乎。也對，他不是醫學界的，他是神學界的。

此提議一出，顧長德與大長老雖然臉色難看，卻都沒有反對。他們對顧晚晴的能力還是有信心的，只是要以人試毒，這人選方面……

「隨便找個藥僮吧。」

絕塵說得輕鬆，在場的藥僮卻個個都白了臉，有兩個嚇得身子都抖了。成與不成，在別人眼裡只是個結果，可在他們眼裡，那就是悠關生死大事了。

顧晚晴見絕塵毫不在意藥僮性命，心中更為惱怒，當下「哼哼」一笑，「道長怎麼如此不大氣？用什麼藥僮？我們自己來試便可。」說著她上前兩步搶過絕塵手中的藥瓶，拔開塞子仰頭盡飲！

「別胡來！」傅時秋第一個衝出來阻止，可也晚了。等他抓下顧晚晴手中的藥瓶，瓶子裡的毒已一滴不剩了。

一屋子的驚呼聲響起。除了個別知情人，所有人都認為，這個天醫實在太亂來了，不僅沒有本事，還意氣用事，何堪重任！

傅時秋的手都有些抖了，這不是普通的毒，這是鳩毒啊！他見過服下鳩毒的後果，生死……不過是片刻的事。

「別擔心。」顧晚晴臉色慘白的朝他笑了笑，竟然沒有倒下，反而從容不迫的轉過身去伸出手，「二叔，針。」

顧長德連忙遞上一根銀針。

顧晚晴接過針後連看也不看，反手便將銀針刺入自己肩頭，或彈或振，一時間手法連變，只見針尾不住急顫，她的臉色也漸漸恢復，一炷香後，已然紅潤如初。

不只是顧家的人，就連傅時秋、泰安帝，甚至包括絕塵，個個看得目瞪口呆。

顧晚晴這才拔下自己肩頭的銀針交給顧長德，同時暗暗收起手中已變得灰白的天醫玉，「二叔，我們族內是否也存有鴆毒？拿一瓶來給道長嚐嚐鮮。」說完又朝絕塵笑笑，「道長不要介意，這一瓶的分量太少，我一時不察，沒留下你的分量。」

絕塵臉色遽變，雖還維持著道骨仙風的氣度，可眼神已開始閃爍飄移。

那邊顧長德早已命人去取鴆毒，不消片刻，一個藥僮便拿回一個瓶子。可能是出於對絕塵的仇視，拿回的瓶子比絕塵那瓶大出兩倍不止，如果絕塵真的喝下去，那他應該飽了。

「道長，請吧。」顧晚晴眉梢輕揚，笑容中帶些挑釁。

絕塵盯著那個大肚藥瓶半天，突然用他特有的緩慢笑法笑了笑，「呵——呵，天醫，妳著實是個急性子，不可否認『天一神針』果然名不虛傳，可貧道的『三花合命丹』絕不輸於『天一神針』，而且見效更快。只不過，貧道乃金仙托世，萬毒不侵，以身試毒一法恐不可行，又擔心這世間汙物濁了貧道金身，影響法力，耽擱為聖上煉長生之丹，如此罪過，天醫可否能承擔？」

顧晚晴暗暗搖頭。見過不要臉的，沒見過這麼不要臉的，還金仙托世咧！你直接說你是唐僧不就得了？說不定還能遇著個女妖怪哭喊著要給你做老婆。

泰安帝一聽卻急了，「道長萬萬不可，煉長生丹才是要事。」

絕塵一臉無奈，又問：「不如找個藥僮來試吧……」

他這是和藥僮結下仇了。

顧晚晴早料到他不肯服毒了，輕輕一笑，「既然如此，在下也不勉強，在下亦相信道長的實力，如今既然已為顧氏正名，那麼以藥僮試毒一事，還是作罷吧。」

顧晚晴這一番話極得藥僮們的感激，也深得了顧氏族人的認可。就連之前對她極不服氣、認為有黑箱作業存在的那些人，現下也變得無話可說。鐵證如山，他們的這個天醫，是有自己的真本事的。

看著族人們對自己態度轉變的目光，顧晚晴輕抿脣角。

什麼衝動？什麼無能？這，才是她要的結果。

第八十五章

# 【塵埃落定】

「父皇，時候不早了，熱鬧也看完了，兒子陪你回宮下棋吧。」傅時秋語氣輕鬆神態自若，只有依然蒼白的臉色顯示出，他剛剛真的被顧晚晴嚇壞了。

泰安帝點點頭，轉身對絕塵道：「法師，與朕一起回宮吧，朕還有些事情想請教。」

絕塵一甩拂塵，「無量天尊，貧道遵命。」

看著他們就要走，顧晚晴上前一步，本是想攔住他們，可看到絕塵老道那副討人厭的嘴臉，到嘴邊的話又忍下了，躬身拜倒，「恭送皇上。」

顧氏所有人跟著拜倒，顧晚晴只見許多雙腳在自己面前經過，突然頭頂被輕敲了一下，她抬頭看去，見傅時秋拎著扇子跟上了泰安帝，一起出去了。

在屋裡跪完，顧長德連忙又領著人將泰安帝送到醫廬之外，一直到泰安帝的車輦駛得看不見影子了，這才起身。

顧晚晴站起身時身子輕晃了一下，身邊的顧明珠連忙將她扶住。

大長老在旁看著，冷聲問道：「妳怎麼樣？」

顧晚晴忍著眩暈的不適笑了笑，「無妨。」

顧長德走了過來，問道：「妳剛剛想說什麼？」

「我本意是……」顧晚晴深吸了口氣，抽出被顧明珠扶住的手，「我本意是想替皇上把個平安脈，不過絕塵在側，我擔心他趁機刁難，便作罷了。」

聞言，大長老與顧長德的臉色同時一沉。顧長德嘆了一聲，「罷了，妳今日做得不錯，保全了我顧家名聲，由妳來做天醫，我倒也放心了。」

顧晚晴笑了笑，看向大長老。大長老還是極為嚴肅的模樣，看著她也不說什麼，轉身就進醫廬去了。

大長老的態度讓顧長德十分詫異，仔細回想今日比賽的整個過程，顧長德再看顧晚晴的目光便帶了些許錯愕，難道……她不是大長老的人？

顧晚晴的比賽成績有問題是一定的，而她不畏他掌握著葉家人的命，執意爭勝，在他想來，定然是有大長老在她身後撐腰。可現在看來顯然不是，那麼，她哪來這麼大的信心？

顧長德思量半晌，腦中突然靈光一現，是皇上！

正因為皇上的出現，他與大長老才不得不承認這個比賽結果，也正是因為皇上的出現，壓住了其他人的不平之聲，才讓她有機會藉勢揚威。

這麼說，皇上的出現並不是偶然？

顧長德想到顧晚晴喝下鴆毒時，傅時秋衝出來的倉皇模樣，心中暗暗苦笑。原來正應了那句老話，「鷸蚌相爭，漁翁得利」。他與大長老，竟都被這麼一個小姑娘算計了。

不過，這樣倒好，她不屬於任何一方的人。也就是說，他以後不必受大長老制約，他們仍像以前那般，精誠合作便是！

正想著，顧長德忽然覺得有人在扯自己的衣袖，扭著一看，是顧懷德。

只見顧懷德滿臉的好奇，開口問道：「二哥，那『天一神針』是什麼名堂？為何連我都沒有聽過？」

顧懷德提問之時，在場的顧氏族人都轉頭看過來。顧長德略一沉吟，又見幾個長老快步進了醫廬，突然想到自己和大長老還沒對過口供，連忙擺脫了顧懷德，三步兩步的跑進門去。

他這一走，顧晚晴就成了眾矢之的，所有人都等著她的答覆。顧晚晴微微一笑，緩緩道：「此事事關重大，還是由大長老與家主向大家公布吧。」

顧晚晴現今身分不同，再無人敢對其有何不敬，這倒給了她清靜的機會。穿過人群走向醫廬後，她偷偷的將藏在衣袖中的手探出一些，只看了一眼，突然聽見身後笑語柔柔，「六妹妹，恭喜了。」

顧晚晴馬上把手縮回袖中，揚起唇角，這才轉身，「五姐姐，我是運氣好，連我自己也沒想到，本是一心要給姐姐護航的，沒想到竟陰差陽錯的贏了比賽。」

「這是妹妹的本事，豈可一概以運氣而論？」顧明珠語笑盈盈，神態中沒有一絲不悅之色，「若不是妹妹贏得天醫之位，今日我顧家定會被絕塵道士折辱，說起護族，妹妹當記頭功；說起醫術，妹妹的神技無雙，天醫之位，當之無愧。」

「姐姐這麼說，我心裡好過多了。」顧晚晴一副鬆了口氣的模樣，「姐姐，我剛剛大概是太過緊張，現在有些頭暈，想先尋個地方歇歇。」

顧明珠連忙過來扶著她，「隨我來吧。」

顧明珠將顧晚晴帶回決賽場，找了個房間讓她休息，並留下身邊的一個丫鬟服侍，而後便離開了。

顧晚晴打發那丫鬟去打盆水來，待那丫鬟出去後，這才急著伸出雙手細看，只見自己雙手慘白，指甲泛著青黑，顯然是毒素尚未排盡。那天醫玉，她卻掌控不了，想來是她的能力還過不了關，這次的毒性又過強，無法一次排除全部的毒素。

無法利用天醫玉，她只能試試能否用水排毒。可那丫鬟不知去了哪裡打水，等半天也不見蹤影。顧晚晴覺得自己越發頭暈，屋中四處尋找了一下，連茶壺中都是空空如也，根本找不到一滴水。如她自己出去，外頭又站滿了評委團的人，恐怕出去的任何舉動都會被他們看在眼中。

又等了一會，那丫鬟仍是沒回來。顧晚晴擔心這樣下去對自己的身體造成傷害，也顧不了那麼多，走到門前想要開門時，猛然想到之前似乎也有一次她沒有用水，卻順利的排出了毒素。

就是在她發現自己身負異能之時，為傅時秋治病之後，她沒有接觸過水，卻也沒有受到毒素的侵害。

細細回想，她那時好像是坐在地上，雙手也只是觸到草地，難不成……

顧晚晴馬上蹲下身子，將手掌按在地面的青磚之上。片刻過後，她起身，又在桌上和牆壁上試試，都是毫無感覺，直到試到一株盆栽，那種釋放的感覺才突然出現。顧晚晴喜不勝收，立刻握住盆栽的枝幹，隨著手心熱度的增強，那盆栽以肉眼可見的速度枯萎。

原來，必須是有生命的東西。

水、草、盆栽……推斷下去，是否也可以直接傳遞人體……而不是藉由什麼病水？

新的發現讓顧晚晴興奮了一下，隨即這種興奮之情便消散無蹤。因為她發現，她雖已盡力排出毒素，指尖也恢復了正常，但胸口還是有些發悶，時隱時現，她想排出這種不適的感覺，卻是無能為力。

連試了幾次，那種感覺始終無法消散。顧晚晴改為替自己診脈，脈象卻是無虞，讓她深感困惑。

莫非耽擱太久，她的身體已受侵害？

想來想去，也只有這個解釋，顧晚晴恍惚了一會，她這算不算是坑了別人，又害了自己？

這時房門傳來一聲輕響。顧晚晴轉頭看去，正是被她派去打水的丫鬟，那丫鬟見了她萬分歉意，「因為不熟此處，找了好久才找到打水的地方。」

顧晚晴心中固然不快，可事已至此，多說何益？擺擺手便讓那丫鬟退下，自己又在水中試了試，結果仍和之前一樣，無法再釋放出任何毒素了。

說起來剛剛那胸悶的感覺也不是十分明顯，和那丫鬟說了兩句話，又感覺不到了。於是顧晚晴也不再為此事糾結，只提醒自己記得找大長老幫自己看看，而後，便整整髮髻衣裳，推門出了房間。

她的出現引得院中的那些族人一陣騷亂，而後顧懷德上前，拱了拱手，「恭喜，妳現在是名正言順的天醫了。」

之前顧晚晴雖住在天醫小樓，但並未真正繼任天醫，只能算是一個繼任者，可現在，她是真正的天醫了，在顧家也擁有了絕對的話語權。

看著顧懷德與一眾族人客氣中又隱含幾分敬佩的目光，顧晚晴頓時覺得，縱然因立威而傷了身體，但這一切是值得的。顯然，因為她的壯舉，已贏得了許多族人的支持和讚賞。

關於「天一神針」一事，大長老與顧長德並沒有給出最終答案，可越是如此，越給此事增添了不少的神秘感。雖然事後也有人提出質疑，但顧晚晴的確是當眾服下劇毒無恙，這是誰也無法辯駁之事。

很快的，大長老與顧長德便準備好了接任儀式，正式上報了朝廷。顧晚晴在一個吉日順利接任了天醫一職，並得到朝廷嘉許，在原有的爵位上，又加了雙倍俸祿。

轉眼之間，北風呼嘯，已是深秋之季。顧晚晴此時已搬回了天醫小樓，正讓幾個女紅婆子替她量身體，準備做冬衣了。

屋裡的暖爐點得正旺，燻得顧晚晴雙頰紅撲撲的，配合著女紅婆子又轉身又抬頭的，忙活了一會，顧晚晴就熱了，忍不住朝外喊道：「青桐，把爐子撤了，才什麼時候就點這麼旺的火。」

棉薄的門簾輕掀，一個端莊秀美的丫鬟閃了進來，以鐵夾夾出幾塊火炭，笑著說：「這也怪不得我，每天的份例就是這麼多，今天點不完，明天又送新的來，哪有地方堆著它們。」

自顧晚晴重回天醫小樓，顧明珠便將青桐送了回來，如今仍是任著大丫鬟的差事。

顧晚晴鬆鬆領口，「院子裡那麼多丫鬟，還能沒人使?妳安排就是了。」

自她回來，所有人都變得小心翼翼。她倒也能理解，無非是怕她這個鹹魚大翻身的六小姐找麻煩算舊帳，其實她哪有那麼多閒工夫？每天學習的時間都不夠用了。

青桐端著多餘的火炭剛剛離開，便有一個十三、四歲的小丫鬟掀簾子進來，「悅郡王府送來帖子，請小姐過去為悅郡王醫病呢。」

這小丫鬟叫冬杏，原來在天醫小樓做掃灑丫鬟，從沒參與過什麼閒事。這次顧晚晴回來，那些曾跟著和樂一起瞎攪和的丫鬟她使不慣，就把冬杏帶在身邊，方便使喚。

「悅郡王病了嗎？」顧晚晴連忙打開帖子，帖子的內容倒沒透露太多，只說是悅郡王微恙，請她過府看診。

說起來她接任天醫也快十天了。因為剛剛接任，有許多事要忙，每天又要去長老閣學習，幾乎忙得昏天暗地的，直到這兩天無須再應酬族人了，這才好了一些。

傅時秋的帖子大概是算好時間來的，前些天也不來打擾，倒也貼心。

對於傅時秋，顧晚晴也有話要對他說，當即叫人備車。現在她已是顧家的正式領導人之一，行動方面多了許多自由，不必再多方請示了。

乘馬車出了顧府，顧晚晴一路往悅郡王府而去。到了悅郡王府，卻見傅時秋坐在門前的石階上，見她下車才站起來，竟然是特地在這等她。

顧晚晴說不上受寵若驚，卻也差不多了。不過一開口也沒什麼好話，張口就是數落傅時秋，「明知自己身體不好，還出來吹冷風！又坐在石板上，你是嫌病好得太快是吧？」

傅時秋撓撓頭，「我這不是想表現得自己有多麼望眼欲穿嗎？」

顧晚晴白了他一眼，提著裙子就往王府中去。傅時秋低著頭跟在身後，滿臉的認命。

「嗯……」顧晚晴進到府中速度就慢了下來，也沒什麼心思參觀，憋了好久的話再也忍不住，轉過身去面對他，低頭道：「對不起，那件事……我利用了你。」

若不是她利用傅時秋對她的好感，有意在他面前表現的飽受委屈，他怎麼可能如此善解人意，在決賽當日帶了一個更有話語權的人來到決選現場，力壓大長老與顧長德？

這件事一直令顧晚晴心裡很不好過。不管是對顧長生、對大長老，甚至對顧長德，她都有利用算計之處，可從沒有一個人能讓她有如此心虛的感覺，只有傅時秋。這些天來，她都是一直迴避自己去想這件事的。

顧晚晴惴惴不安的等著他的答覆，是原諒？還是發怒？

她等了半天，頭上一痛，抬起頭，見傅時秋拎著扇子有點失望的樣子，「妳就想跟我說這個啊？沒別的？」

顧晚晴有點回不過神來。

傅時秋看起來有些氣結，拿著扇子又敲了她一記，大聲說：「妳利用我，太正常了，道什麼歉？」

想到他早就發表過自己對他的「利用論」，顧晚晴一時語塞。

第八十六章

# 【誰的負擔】

「別發呆了！」傅時秋轉身朝前走去，「今天找妳來是有正經事。」

顧晚晴連忙跟上去，「怎麼？你真的發病了？」

「妳這沒良心的，也不盼著我好。」傅時秋白她一眼，直走到花廳之中這才停下，隨手示意讓她坐了，這才道：「反正，也差不多吧，妳那個什麼『天一神針』，方便給我試試嗎？」

自從顧晚晴以「天一神針」一戰成名後，多少王公貴胄爭相搶著請她去診治，但都被顧長德以「天醫正為皇上研究延壽丸」而暫拒了。他們都知道顧晚晴的能力並非是取之不盡，至少在上次治毒過後，她的能力便有了短時間的休克期，所以一定要盡量保護。

而延壽丸一事也屬事實。泰安帝回宮後，也不知是聽了絕塵的鼓動還是有什麼別的原因，竟突發奇想的下旨讓顧家研製出健身延壽的藥丸，並定下期限，要與絕塵煉製的長生丹同時奉上。

這一道旨意讓顧家人都有些無奈，醫術與丹爐之術完全是兩門不同的學問，怎可相提並論？但這是聖旨，又不敢不遵。只好從長老閣分出十名長老暫緩手中事務，專心研製延壽丸。但所謂延壽本就是沒有理據之言，醫家宣導的是健康養生，以達到長壽的目的，哪有只憑一顆藥丸就能長生的？同理，絕塵的長生丹，真正的效果如何，大概只有天知道了。

「你最近有感覺到什麼不妥嗎？」
傅時秋的病雖然沒去根，但也已經好了大半，平時與常人無異，但還是不可過於激動，否則也是有再度病發的危險。顧晚晴擔心的就是這個，前段時間不知何故他病發過一次，雖沒有和她明說，但從他那蒼白的臉色也看得出來。
「沒有，只不過……能走的，誰願意當瘸子？我這個病，早好早輕鬆。」傅時秋指指四周，「這裡方便嗎？」說著還眨了眨眼睛，「要不要去我房間？」
「不用了。」顧晚晴翻了個白眼，從冬杏的手中接過天醫專屬的針包，打開來，拈出一根金針，「轉過去。」
傅時秋很失望，但還是乖乖的轉了身子過去，笑著說：「上次妳給我扎那一針，莫非就是這門絕技？」
「差不多吧。」顧晚晴仍是如上次一樣，在他後背對心處扎了一針，又趁機以異能為他治病。只不過這次不像上次那般輕鬆，時間也更長，直到　刻鐘後，她才緩緩的舒了口氣，「行了。」
「好像有點感覺，又好像沒有。妳這醫術到底是不是真的？」傅時秋笑著調侃，轉過身來卻是一愣，急忙扶往顧晚晴，眉頭也跟著鎖起，「怎麼會這樣？用個針而已。」

短短的時間，顧晚晴的臉色已經變得異樣蒼白，額頭上也見了細密的冷汗。

「用針……也是要耗精氣神的啊。」顧晚晴扯了個虛弱的笑容，藉著他的力道後退幾步尋到椅子坐下，「沒事，我歇一會就好。」

傅時秋忙叫人搬來軟榻，又在屋裡加了兩個炭爐。顧晚晴沒有拒絕，順著他的意思躺下，才又找機會收起被她抓得汗津津的天醫玉。

大概是上次解鴆毒留下的後遺症。較輕的病症她還能應付自如，但是稍重的病，尤其像傅時秋這種陳年痼疾，對付起來還是有些辛苦的，尤其她覺得天醫玉並不會比用水排解毒素來得更快速，只是圖個方便，能隨身攜帶而已。

稍微歇了一下，顧晚晴的臉色便又恢復如初。但傅時秋的臉色卻難看得很，坐在軟榻前瞪著她，像看仇人似的。

「你幹嘛？」顧晚晴瞪回去，「我可是你的救命恩人。」

傅時秋不悅的將臉轉過去，「我記得妳上次也沒有這麼辛苦。」抿了抿脣，又道：「妳該早告訴我會這麼辛苦的。」

「上次是緩解，這次是去根，哪能一樣？」顧晚晴說得輕描淡寫，笑得沒心沒肺，「怎麼樣？見識到我這個神醫的厲害了吧？」

「見識個鬼！」傅時秋突然就怒了，抓起她的胳膊就咬了一口。

顧晚晴倒吸了口涼氣，手就急忙往回縮，「疼！」這次是真疼了。

「讓妳記著點疼，看妳還敢不敢隨便耗這麼多精神給人治病！看妳還敢不敢隨便喝什麼鴆毒！」

顧晚晴默不吱聲。她這才明白，他這口氣早就存下了，直到今天才發作出來。

「下次不敢了……」顧晚晴低頭受教，任何時候，懂得看人眼色才是最重要的。

等了半天，傅時秋也沒再說話，顧晚晴偷偷抬眼一瞄，他還沉著臉瞪人呢，當下擺出討好的笑容，「我現在不也沒事嗎？再說了，我這也是為了給你治病啊，要是別人，我還不願意這麼費神呢。你看那些要我過府治病的，我哪個答應了？」

傅時秋的臉色這才好了些，隔了一會問：「妳爭這個天醫來做，可是因為要與聶清遠退婚？」

顧晚晴愣了下，這兩件事好像沒什麼關係吧？接著聽傅時秋又道：「今日聶相以妳身為天醫無法外嫁的名義，上表皇上請求退婚。」

顧晚晴大喜，「皇上准了嗎？」

「現在皇上一心求長生，能有什麼意見……」傅時秋的臉色突然變得很古怪，接著道：「但是聶清遠……他說天醫無法外嫁，並非無法成親，若貿然退婚，會對妳的名節有損……」

顧晚晴的臉色也跟著古怪起來，一副囧樣。聶少啊，你在想什麼啊？什麼名節？當初要退婚不是你提出的嗎……

顧晚晴琢磨了一會奇道：「聶清遠不是去外地巡查了？他回來了？」

「妳這是多久前的消息了？」傅時秋用眼睛斜睨著她，「前幾天回來的，過完年才走。」

「哦……」顧晚晴點點頭，所以說高官的子弟就是好，就算出差在外的，還能扔下工作提前兩個月回來過年。

「妳哦什麼哦！」傅時秋又拍了她腦袋一下，嚴肅質問：「他為什麼不願退婚？」

「我哪知道啊……」顧晚晴咬著唇想了半天，「難道他想入贅？他爹不肯的吧？」

「我看妳是欠揍！」傅時秋頓時又火了，「他爹肯妳就肯了？」

顧晚晴連忙擺手，擺完後又覺得傅時秋的質問很沒道理，就算……他那個啥吧，但他們現在的關係只是朋友，都還沒那啥呢。

當下顧晚晴回了句外交詞，「這事也不是我說肯就肯的，我現在是天醫，任何舉動都不能有損顧家的利益，我的婚事……還是要從顧家利益出發的。」

傅時秋聽罷半晌無言，好一會，問了句：「妳做這個天醫，還挺樂呵的，看來是想一直做下去了？」

他語存試探，顧晚晴自然聽得出來，只不過……只能說他們相遇的時機不對。如果她能更早一點察覺他的意思，說不定就不會去爭這個天醫，只是現在她已經成為天醫，又為之付出良多，豈能說放棄就輕易放棄？

見她沒回答，傅時秋聳聳肩，「想就想吧，不用苦著臉。」

「我只是覺得……」

「父皇有意給我指婚。」

一句話，成功的堵回顧晚晴所有的感慨。她怔怔的看著傅時秋，心裡說不清是什麼滋味。一直以來，她見到的、想到的都是傅時秋的付出，也覺得自己應該給予回應，可一旦事到臨頭，她又發現不知道該怎麼辦了。

她和傅時秋能在一起嗎？入贅？以傅時秋的身分，比聶清遠入贅的難度更大。可是要她放棄天醫？她不願騙自己，她很猶豫。

「妳說是趙大將軍的女兒好，還是皇后的姪女好？」傅時秋似乎沒看到她怔然的樣子，苦惱的搖搖頭，「一時之間我也不好選，就和父皇說，先考慮考慮。」

聽他這麼說，顧晚晴不禁有些難過，但卻不是為他的婚事，而是為了他即將喪失的自由。曾幾何時，傅大公子遊戲人間何等風流快活？如果他仍是原來的他，他會一直快活下去嗎？他為什麼要給自己加上這道束縛？為什麼放棄堅持了二十年的原則回歸皇籍？就為了能讓她更好的利用他？

顧晚晴一直都不明白傅時秋為何會對自己另眼相看，直到現在她仍是想不明白。不過眼下心裡沉甸甸的感覺是真實的，無法排解，她便越覺得自己虧欠了他，「如果……」她衝動開口，「如果我不做天醫……」

話才出口，一隻手掌橫在她的面前，打斷了她的話。

「別說那些自己不願意的話，也別做那些自己不願意的事。」傅時秋臉上的笑容很淡，「一個人要做什麼事，都是他自己的決定，與旁人無關。旁人也無須為了他的決定去做一些自己不願意的事。不要給別人增加負擔，懂嗎？」

顧晚晴張了張嘴，她……不太懂。

「算了，看妳這蠢樣，肯定是想不明白的。」傅時秋撓了撓頭，目光瞟向別處，「打個比方吧，假設我喜歡妳，為妳做了一些事，但這不代表妳一定要回報。我做的事，是因為我想做，不是有人脅迫我我才做的，但如果我硬要妳的回報，這就變成了脅迫，我就成了妳的負擔，妳報恩式的硬性回報也可能會傷害到我，成為我的負擔，懂了嗎？」

顧晚晴咬咬下唇，不知道為什麼，她有點想哭。

第八十七章

# 【四年時間（一）】

顧晚晴不知道自己是怎麼回到天醫小樓的，在桌前呆坐，直到青桐進屋來才驚動了她。看看外頭天色已經暗了，她這一坐至少也坐了一個時辰。

「大長老差人來說小姐下午缺席了授課，要罰抄《本草紀》一遍，還需前往天濟醫廬旁聽一天，並交上一篇實習心得。」

聽著青桐的話，顧晚晴默默翻了個白眼，大長老這擺明是故意針對她啊。前幾天顧明珠跟著三夫人去參加國公夫人的壽宴，也耽誤了半天，大長老只是讓她準備授課資料而已，怎麼到了自己就這麼差別待遇？

難不成這老頭想明白自己算計他的那件事了？這個可能性很大！

顧晚晴原想著能不能去說說情，這麼一耽擱，自己不就又落下了課程嗎？可等想通了這一點，顧晚晴一點求情的打算都沒有了，「自作孽不可活」這幾個字已經很好的詮釋了她現在的狀況。

好在還有顧長生能幫她補課。顧長生也不知道是不是有求於她，自從她做了天醫後對她的態度極好，人也好像變得開朗了一點，不像以前那樣沉默了。

打定了主意，顧晚晴也就不再糾結了，該抄寫就抄寫，該旁聽就旁聽，並小心的不讓自己再犯什麼錯，以便大長老有機會報仇，讓她再落下課程。

時間飛快，顧晚晴現在每天兩點一線的跑，天醫小樓到長老閣，長老閣再到天醫小樓。有顧長德替她擋駕，她節省了許多應酬時間，每天就在這兩個地方奔走，把自己的全部精力都投注在學習醫術上面。

傅時秋沒再找過她，也沒有傳來傅時秋成親的消息。過了年後，還沒出正月，太后的病又再度發作。這次比上一次更為凶險，泰安帝不知是被絕塵洗了腦，還是堅信神明庇佑，硬是趁太后迷糊的時候給她吃了幾天絕塵秘製的「極樂丸」充當藥丸。最後，還是長公主發現此事，發了一頓脾氣，於是泰安帝乖了，老老實實的宣了顧家人進宮。

太后的病說實在的，如果不是有顧晚晴在，那麼她回老家應當就是這一兩天的事了。大半年前還是水崩症，此時卻是排水困難身體浮腫，神智也不清不楚的，一天加起來也就清醒兩個時辰，有時候連認人都認不清了。

這種情況讓顧晚晴十分為難，她一方面想儘快治好太后的病，但她也明白太后的病情受到延

誤，此時的狀態與自家老太太彌留前差不多，如果硬要挽回，以她的能力是不夠的，還有可能使自己再一次失去能力。

與大長老和顧長德說過此事後，他二人俱是沉默不語。這段時間他們也有所感悟，有了異能的顧家才是真正的天醫世家，否則與平常世代傳承的醫學之家有何不同？上次失去能力還能恢復，若再失去一次誰也難以保證能不能恢復。

三人相對沉默良久，顧晚晴輕吸一口氣，心裡終是下了決定，道：「不管結果如何，人我還是要救的，因為……」因為她現在已經是個大夫了。

顧晚晴沒有將話說完，起身出了暫供他們休息的暖閣，大長老與顧長德仍是沒說什麼，只是起身跟上。

兩人進入太后的寢宮後便極有默契的配合起來，方便顧晚晴為太后診治。

面對此情此景，顧晚晴感覺稍許驚訝又帶有一絲感悟。她原以為她的決定縱然不會遭到攔阻也會聽到一些感慨，卻沒想到原來不管大長老與顧長德的身分如何，歸根究柢他們只是一個大夫，而他們似乎也從未忘記這一點。

這次能力的使用幾乎耗掉了顧晚晴所有的精力，她從未感覺到這麼疲憊過，到了最後整個人已呈現虛脫狀態，天醫玉被她牢牢握在手中，一旁又備了大量清水。正當她放開天醫玉準備將手浸入水中之時，外室響起了「聖上駕到」之語。顧長德連忙出去迎接，大長老也站到內室阻隔處，以防有人突然闖入耽誤時間。

但越是怕什麼，偏偏就來什麼。顧長德沒能攔住執意入內的泰安帝，聽著他們的腳步聲漸近，顧晚晴連忙收手重新抓起天醫玉。

成為天醫這麼長的時間，天醫玉的作用顧晚晴也有了一定的了解。

總的來說，天醫玉就是一個毒素回收站，並能化解吸收的毒素。因為不會對外界造成損害，自然比用水或者其他東西來做釋放體要好得多。

不過，天醫玉卻有一個無法彌補的缺點，吸取毒素之初尚能十分迅速，可隨著天醫玉裡的毒素越多，吸收的速度就越慢，它的運轉速度慢，毒素在天醫體內積留的時間就會相對變長，長此以往下去，對天醫身體也會造成不小的傷害。

所以為求平安，顧晚晴又事先備了大量的清水，只是現在卻是來不及了。

泰安帝進了內室後，先去瞧太后，留下一大群跟來探病的人，絕塵在其中，太子和聶清遠也在。

顧晚晴已有半年沒見過聶清遠了，自然也無從問起他不退婚的理由，現在一見便不由得多看幾眼。正遇上聶清遠也回望過來，淡然的看著她，略一點頭算是打了招呼。

「皇上。」

絕塵瞟著顧晚晴走到泰安帝身旁低語數句，泰安帝面色猛然一變，怒然回頭盯著顧晚晴等人：「妳說妳究竟能否治好太后？」

顧晚晴沒有即刻回答，雖然已治療完畢，但太后的情況實在難說。有可能恢復如初，也有可能像老太太那樣掙扎了幾天便駕鶴西去。

見顧晚晴沒有答話，顧長德上前忙道：「太后的病草民等定會盡力醫治，現下已有好轉，請皇上不必過於憂慮。」

泰安帝對顧長德還是比較信任的，聞言，臉色緩了緩，又看向絕塵法師

絕塵輕哼，不屑的道：「皇上是信任他們還是信任貧道？依貧道推算，太后壽數將至，豈是凡

間藥物可以醫治的？皇上停了太后的極樂丸，反噬之效也絕非市井之物可以應對的。」

泰安帝又有點驚慌，「那還是繼續餵太后服用極樂丸吧。」說完便下令隨侍去取丹丸。

顧長德等人的臉色自是齊齊色變，顧晚晴心中暗忿：難怪朝中大事俱被聶相把持，如此沒有主見的糊塗皇帝縱是亡國也不無可能。

眼下的狀況只憑她和大長老與顧長德幾人是說不上話的，可是長公主親自前往皇覺寺為太后祈福不在宮中，除了她，還有誰能攔住泰安帝？

太子！

顧晚晴目光轉去，她本對這個處事溫和的太子殿下很有好感，可一望之下竟見他泰然自若，不僅沒有絲毫阻擋之意，還主動側身以便取藥之人出去。

難道他也受了絕塵的蠱惑？顧晚晴恨得直咬牙，太子指望不上，別人就更別提了。可她才打算要盡心盡力為太后治療，縱然太后最終難逃大劫，但再撐一段時間還是沒有問題的，怎可毀在那來路不明的丹丸之上？

看著絕塵那故作清高的嘴臉，顧晚晴握緊了手中的大醫玉，而後反手將之收入袖中，快步走到太后床前，拈起床頭金針伸手向太后探去。

跟泰安帝相比，絕塵離顧晚晴最近，自然出手相阻，陰陽怪氣的一笑，「天醫妳要做什麼？」

顧晚晴抓著他的手腕想要撥開他，奈何力氣不夠，兩人便僵持在那裡。顧晚晴仍是一步不讓，冷聲道：「自是為太后治病，皇上身邊有你這樣的無恥小人，絕非大雍之福！」

絕塵面色一沉，「天醫莫要仗著皇上寵信，信口雌黃。貧道一心為皇上、一心為太后，何來無恥之說？倒是天醫，妳診治太后已有兩日，太后不僅沒有絲毫好轉反而始終沉睡不醒，妳究竟是能力不濟，還是不肯盡力為太后醫治？」

顧晚晴怒急吼道：「我顧家世代為皇上盡忠，對皇上、太后拳拳之心，豈是爾等小人可以理解的？太后病體沉重實非我等所願，我願立誓以自身之軀代受太后之苦，不知絕塵道長是否有此忠心願意發誓許願？」

這種表忠心的大好機會，絕塵自然不會放過：「貧道自然也願意。」

顧晚晴輕哼：「那麼便請道長與我一同立誓『願替太后受病痛之苦』！不過道長可要想好了，人在做、天在看，可莫要事到臨頭再懼怕反悔！」

「立誓便立誓！」絕塵掙開顧晚晴的手，一甩袍服立下重誓願代太后受苦。

顧晚晴也依著他的說辭立了誓，這才朝絕塵一拱手，「道長對太后之心忠誠一片，是我心懷小人了。」

絕塵被逼著立了誓心裡也不舒坦，良久才用鼻孔「哼」了一聲，轉過身不再理會顧晚晴。

這時極樂丸已被取來，在泰安帝的堅持下，顧晚晴眼看著昏睡的太后被灌下那碗丹丸化成的朱紅丹水，心中有氣卻也無可奈何。

說句時髦點的話，地球人已經無法阻止泰安帝信任絕塵了。

令人稱奇的是，太后在喝了丹水後，不久竟緩緩的睜開眼來。泰安帝大喜，當場就賞了絕塵護國法師的名號，只有顧長德幾人心裡明白這分明是顧晚晴之前醫治之功，功勞倒全被絕塵搶去了。

太后醒了，泰安帝留下與太后說話，閒雜人等退散，顧晚晴便也跟著眾人退出太后寢宮。出了寢宮後她急走幾步，趕上跟在太子身後的聶清遠：「聶少詹士可否借步說幾句話？」

太子在旁笑道：「天醫叫錯了，該叫聶詹士了。」

顧晚晴無語，原來聶清遠出京轉那一圈是鍍金去的，回來就升職……

她依著太子之言重新叫過，太子這才笑笑任他們說話，自己先行離去。

顧晚晴正待與聶清遠說話之時，身後忽然傳來一陣騷亂。回過身看，卻是絕塵仰倒在地，身下小便失禁萬分難堪。

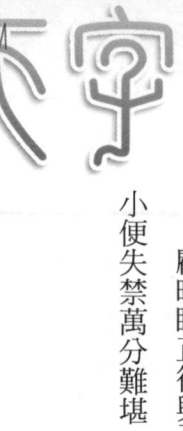

第八十八章

# 【四年時間（二）】

看著不遠處亂成一團，顧晚晴脣角輕撇。此時有宮人趕來向她求助，顧晚晴笑笑，「絕塵道長剛剛才以重誓相許，此時症狀與太后早前一般無二，想來是上天聽到了道長之誓，故而才令太后甦醒。我等豈敢干擾上天之意？若治好了道長，太后又再發病，可是爾等負責？」

聽了這些話，那些宮人無一人出聲。原本上前救治的御醫也齊齊撇手，生怕擔了延誤太后病情的罪名，眼睜睜的看著絕塵漸漸呼吸困難繼而神智不清。顧長德與大長老雖然不明真相，但看顧晚晴的神情，或多或少也猜到一些，雖心存驚詫，但態度卻是統一，都選擇了視而不見，逕自去暖閣候命了。

顧晚晴卻是暗嘆可惜，早知有機會，就不急著釋放病毒，都傳到絕塵身上才好，現在看這程度，頂多是讓他大小便失禁加上昏迷，太便宜他了！若是道長實在抵受不住，便給他吃幾顆極樂丹，以報極樂。

顧晚晴說這話時刻意抬高了音量，使得神智已有些模糊的絕塵面色更差。而後顧晚晴也不再理他，轉身對聶清遠道：「我們出去說話吧。」

聶清遠也沒對絕塵表現出過多的興趣，略一伸手，做了個「請」的姿勢。

顧晚晴讓身後的冬杏先回暖閣去，這才走出慈寧宮，往御花園的方向去了。顧晚晴原以為聶清遠會有話主動向她說，誰料聶清遠只管在後面跟著她，一點開口的意思都沒有。

時值寒冬，上午又下了點小雪，雖然沿途銀裝漫漫別有一番景致。但顧晚晴才從室內出來，沒穿棉襖，走了一會就覺得冷了，當下也不往御花園去了，轉回身子看著聶清遠，「你就沒話要對我說？」

聶清遠倒也不笨，「妳是說退婚一事？」

顧晚晴點點頭，「早想問你了，為什麼不退？」

「我父親退婚之意，是想與旁人聯姻。前豺後狼，不如保持不變，換得幾年清閒。」

聶清遠的直白讓顧晚晴無語半天。她倒是聽明白了，但什麼叫前豺後狼啊？她分明是一朵任人欺凌的柔弱小白花啊！

「原來是這樣……」顧晚晴勉強擠出個笑容，「我還當是你真想入贅到顧家呢。」

聶清遠漠然的瞥她一眼，「那還不如答應我父親，與他人聯姻。」

顧晚晴徹底服了，「我是開玩笑的，玩笑懂嗎？不用當真。」

「事關婚嫁，玩笑豈可亂開？」

顧晚晴舉手做投降狀。正在這時，遠處傳來一陣急促的腳步聲。回頭看去，卻是傅時秋帶著傅樂子往這邊趕。經過他們身邊時，傅時秋只是腳步稍緩，卻沒有停留，也沒有和顧晚晴說話，直接往慈寧宮的方向去了。

經過上次的事，顧晚晴再見到傅時秋，還是感覺有點對不起他，但又不知該如何面對，現下他沒跟自己打招呼，她倒是覺得鬆了口氣似的。

可沒過一會，傅樂子又折返，手裡捧著剛剛還在傅時秋身上的那件斗篷，也不多言，只交給顧晚晴，然後便又回去了。

顧晚晴抱著那件斗篷怔了一會，抬頭見聶清遠眉梢輕揚，似乎有點意見似的。顧晚晴有心報復他剛剛的言語擠對，便舉了舉手中的斗篷，又指指他身上，「看吧，什麼叫君子風範，一下子就比較出來了。」

聶清遠的神情卻比剛剛更為嚴肅，「男女之間，理應謹守防線，這才是君子所為。」

顧晚晴幾乎想五體投地了。沒想到聶清遠倒先發起脾氣，抬腿就走了，連句道別都沒有。

聶清遠剛剛離開，顧晚晴便覺得一陣冷風直吹面門，當即打了個噴嚏，連忙把傅時秋的斗篷穿在身上，便往回太后寢宮。

回去的路上，顧晚晴見到冬杏手裡拿著件斗篷和手爐正在尋她，連忙過去接了手爐。忍不住又打了個噴嚏，她抱怨道：「怎麼一下子風就這麼大了。」

「下完雪就開始變天了，今晚應該還會再下雪的。」冬杏邊說著話，邊擋到顧晚晴身前，「小姐到我後頭去，我擋著風。」

雖然冬杏個頭小，但待在她身後也比剛才被冷風直接吹著要好得多。顧晚晴忽有所悟，回頭看著自己走來的路，早就沒有聶清遠的影子了。

「妳這麼小的個子，還為我擋風呢。」顧晚晴把冬杏拉開，又緊了緊身上的斗篷，迎著風回到了慈寧宮。

顧晚晴回到慈寧宮內的暖閣，便讓冬杏把斗篷給傅時秋送了回去。此時，她也不知道該以何種身分去面對傅時秋，乾脆作罷。絕塵的情況比她剛離去時更為嚴重了一點，不過顧晚晴知道的也僅限於此了。至於太后的病嘛，只能聽天由命了。

到了晚間，長公主回到宮中，聽說了今天的事後，又對泰安帝狠狠發了一頓脾氣。泰安帝自覺很委屈，他堅信自己的選擇是對的，尤其太后甦醒、絕塵病倒一事，更給了他相信絕塵是神仙的理由，不僅再次封賞，對絕塵也更為信任了。

可惜，縱然有絕塵這麼一個神仙替太后生病，太后還是沒能堅持到春天，天氣尚寒之時薨於慈寧宮。泰安帝悲痛欲絕，身體更為不濟，卻拒絕任何大夫近身，只聽從同樣纏綿病榻的絕塵之言，兩人一起打坐煉丹。

本就少理朝事的泰安帝，現今更是不理世事，一心追求長生之道了。朝廷之中本就貪腐賄賂成風，少有剛直之臣，泰安帝又鬆手放權，朝政大事由聶相聶伯光全權把持，並將太子投閒置散。於是，聶相成為百官崇敬之首，新官上任，只知有聶相而不知有皇上，一時間聶家權至頂端。

在此期間，太子也組織了自己的勢力與聶伯光相互抗衡，可苦於手無兵權，加上太后已薨逝，外戚之力漸漸勢微。長公主雖然個性強硬，卻也少理政事，太子幾次抗爭都以敗績收場。

春去秋來，年復一年，顧晚晴的四年學習之期轉眼已過大半。雖然現下朝野混亂，但她與顧家所有人都有一個共識，他們只是大夫，政事是一概不理的。

只不過最近聽聞太子屢屢向泰安帝進言，泰安帝都置之不理，有一次竟將太子轟出煉丹室。聶伯光隨即以忤逆之名軟禁了太子。這還是讓顧晚晴心生感慨。

泰安帝只能做個太平皇帝，一旦出現權臣，便只能被動挨打。可偏偏他還沒有自覺，既想長生又想掌權。如果他當真一心追求天道，何不早早讓位於太子，讓太子擁有與聶伯光一較高下之力？何苦弄出亡國敗相？

不過顧長德有另一種看法，對於太子的失利，很可能是養虎成患。也是這時顧晚晴才知道，原來逝去的太子妃是聶相的長女，聶相與太子是丈婿之親。

太子任由泰安帝寵信絕塵而不加勸阻，也有他自己的目的摻雜其中，他應是想以長生之術牽制住泰安帝的心神，再想辦法提前繼位。可卻萬萬沒想到聶伯光虎大為患，竟撇開他這個太子、挾天子令諸侯，自己過上了皇帝癮。再細推敲，聶伯光一早便將自己的兒子派至太子身邊，很可能從那時起，聶伯光已起了異心。

當然，這些都是自家人關起門來的猜測之語，在外是一句也不能說的。對於這些，顧晚晴並不在乎，只是偶爾遇到飄雪之時，吹著獵獵的寒風，便會想起幾年前的一次雪後，一個既寡言、又喜歡說教的人站在她的身後，默默為她擋去幾分凜冽。

關於聶清遠是無間道的說法，顧晚晴也不像大長老那樣鄙視良多，人生在世，本就是為自己所求而奮鬥，聶清遠是聶伯光的兒子，沒理由不幫老爹，而去幫前姐夫。

至於傅時秋，顧晚晴已很久沒見過他了。上次見他是在半年前長公主的壽宴上，他在席間依然笑得沒心沒肺，對她遙一舉杯，算是打了個招呼。

又一個春天。朝中貪汙腐敗之勢越演越烈，聶伯光縱然頗有魄力，卻也無能為力。到了夏至，屢屢傳出泰安帝病重，聶伯光卻不傳召御醫，只任泰安帝服食丹丸。此時北方邊關發生異動，始終蟄伏未參與到太子與丞相黨爭中的鎮北王，以清君側救太子之名率軍南下，短短月餘時間，大軍已直逼京城。

兵臨城下，換主之期怕是近了。

顧家長老閣的密室內，大長老、顧長德與顧晚晴三人相對。

「我顧家歷來只傳醫術，不參政事，時值亂世，理應以保全族人為上。」

大長老的話讓顧長德與顧晚晴沉默半晌。

而後顧長德嘆了一聲，轉向顧晚晴問道：「鎮北王回朝，究竟是清君側還是自立為主尚未可知，不知天醫以為如何？」

顧晚晴這幾年不僅熟讀醫典，更熟悉了顧家歷代的全部過往。亂世之中保存實力的方式不外乎就那麼幾種，她略一沉吟，開口道：「鎮北王老謀深算，倘若以皇上和太子的安危為先，豈會等到現在才發兵入京？定是另有打算。」

「聶相手中雖有兵權，但比起鎮北王來毫無勝算，要嘛硬拚，要嘛帶皇上棄京南下。無論哪種，聶相都不會輕易任我顧氏安穩留在京城。唯今之計只得效法祖宗，將族中藥物秘密掩埋，族內精英盡數解散，混於難民之中分批離京，為我顧家保存血脈。等天下大定之日，再回返京城，重整顧家聲威！」

第八十九章

# 【潛逃出城】

泰安三十六年秋，鎮北王率十萬大軍壓至京外百里之處，以「清君側」之名聯絡各方將領，除聶伯光舊部抵死對抗，其餘將領莫不倒戈相向。聶伯光即刻以泰安帝之名連發十數道聖旨，抄盡京城貪墨之官，所得錢財全部充入皇宮內庫，並令京中富賈收整家當，以便隨時伴駕出京，南下巡遊。顧家，赫然在列！

得此消息，顧晚晴並未覺得意外，看樣子聶伯光是打算挾天子逃亡了，帶上京中經濟、政權的大部分上層人士，以便南下安定後另立小朝廷。所幸顧家早有準備，在外行醫的精英大夫們被分批召回，與長老閣的長老們連夜秘密潛出京城；典籍、藥材、金銀等物分別掩埋，天濟醫廬也僅僅保持表面上的正常營運而已。

不過，再怎麼化整為零，為了不露出破綻，也只能照顧顧家最精英的一批人。其他族人，包括那些住在顧家胡同的遠親們，卻是沒有此等待遇，只能聽天由命。希望聶伯光不會過早的發現顧家早已內部中空，否則以聶伯光現在的瘋狂程度。將他們全部誅殺也只是一句話的事。

「今日聶相下令關閉京城九門，看來離聖駕南下的日子不遠了。」顧長德抿了口茶水，面上再無最初的緊張徬徨。

在座的顧晚晴與大長老對視一眼。

大長老沉聲道：「所幸我族根基已得保全，接下來只須照計畫行事便可。」

按照計畫，在聖駕離京前一晚，顧宅須起一場大火，藉勢保護那些尚未來得及撤離京城的人，其中包括大長老、顧長德、顧晚晴和其餘顧氏族人，他們可趁機混入百姓之中，就算聶伯光有閒心搜索查找，也可將顧家的損失減少到最低。

「恐怕……計畫將要有變。」顧長德輕嘆一聲道：「今日聶相召見我入宮，要我帶天醫與大長老一同待在宮中待駕，我是以收拾珍稀藥材為由才得以暫時脫身。看樣子聖駕離京還須幾天時間，我們那時都在宮中，無法實施計畫，唯今之計只有我先返回宮中拖延時間，你們趁機帶人速速離京，那場大火，最晚也得在天黑之前燒起，如此，就算聶相有時間搜索，天醫也已離京了。」

顧晚晴聽罷抬頭，「二叔，那你怎麼辦？」

顧長德擺了下手，又低頭喝了口水，「隨駕南下也未必是件壞事，我等盡行醫者之事罷了。」

這話說得輕鬆，可誰知道顧家的大火過後，天醫與珍貴藥典全部失去，聶伯光會如何對待顧長德？聶伯光不是傻子，豈會不知這是顧家的脫身之法？

「只有你一人回去，恐怕難以取信於聶相。」大長老終於開口，「稍後我與你一同入宮，天醫與執法長老即刻帶領最後一批人動身離京。」

「大長老！」顧晚晴騰的站起身，「此法也有疏漏之處。依我所言，你二人離開才是正確。我是天醫，身懷顧家之秘，縱然聶伯光懷疑火勢有異，也不會輕易動我，況且我與悅郡王和聶清遠都有些交情，縱然隨駕南下，他們也可照看於我，安全不成問題。南下途中雜事繁多，我會再想辦法找機會脫身。」

「不行！」這兩個字，同時出自大長老和顧長德口中。

「正因為妳與悅郡王和聶清遠關係不錯，妳才必須離京！」顧長德不急不緩的放下手中茶杯，「我已查明，東安門是由聶清遠全權把守，只有由妳帶隊，才可以最大的限度保護族人安全，縱然被發現，也可盤桓一二。況且……」

他感嘆的一笑，「顧家誰都可以死，唯獨妳不行，妳的能力才是顧家立族之根本。時逢亂世，顧家的將來，更要由妳來支撐。」

話已至此，顧晚晴再無反對的餘地，當即起身安排離京族人的動身事宜。

最後一批人算上顧晚晴，共有十一人，動身前臨時又減去一人——顧長生堅持要留守，任誰也勸不動他。

「妳重回京城的時候，如果我還活著，就放我和大夫人離開顧家吧。」

顧長生的話讓顧晚晴感觸頗多，誰的親人誰惦記，就像她早早安排葉氏一家出京一樣。顧長生同樣放不下養了他十年的顧周氏，在他的記憶裡，那就是他的母親。

沒有過多辭別之語，顧晚晴與其餘十個族人極快的整裝完畢，由執法長老扮成朝廷官員模樣，其他人扮作官兵隨行，拿著為防萬一早已備下的相府金牌，直朝東安門而去。

現在城門已關，扮作普通百姓肯定是出不了城的。基於前些時日朝廷派了幾隊官員前往鎮北王軍中談判，他們這才有此一招。相府金牌乃是在聶伯光親信家中做大夫的族人冒死偷出按樣仿製的，樣式重量皆無差別，應該不會被人看出問題。

現下局勢混亂，又有大軍臨城，京中百姓難免人心惶惶。可縱然如此，街上卻不見絲毫冷清，一些酒樓飯莊的生意還是十分火紅。

顧晚晴起先極為不解，執法長老見狀哼笑，「這裡是京城，縱然鎮北王破城而入，也不會任由部屬隨意搶殺，尤其他打的是『清君側』的旗號，民心，他還是要顧的。」

果然，顧晚晴一路上聽到不少鼓吹鎮北王入京要解救皇上、太子的言論，若放在平時，散播這些言論之人怕早就被抓入獄了，但現下皇帝跑路在即，朝廷根本沒空理會他們。

同時顧晚晴也覺得，鎮北王應該不會強行攻城的，正面對決對他沒有半點好處，如果聶伯光突然服軟交出皇上、太子，鎮北王又該如何收場？難道大張旗鼓的來，真的只是為了解救那個迷信長生的皇帝，再讓他重登大寶嗎？

鎮北王現下守而不攻，應該就是要等聶伯光帶泰安帝南下避難，他才好明正言順的入住京城，再藉著剿滅亂臣為由追捕聶伯光一黨。到時，恐怕泰安帝與太子都會被當作聶賊，統統剿滅了。

前行途中，顧晚晴在百姓中看到了兩個熟人，一個是三十六、七歲的風韻婦人，一個是二十出頭的少婦，那少婦還懷著身孕，竟是多年未見的白氏母女！

她們帶著一個兩、三歲的孩子從一家當鋪中出來，神情很是愁苦。看著那個孩子，顧晚晴不免暗自猜測，這到底是白氏的孩子，還是姚采織的？自打白氏母女不明不白的跟了顧宇生，顧晚晴便再無她們的消息，這麼多年並未見顧宇生娶她們之中的任何一個進門，應該就是養在外頭。

可顧宇生是第一批離京的族人，離開已有三個月之久，他離開後顧家自然不會再管他留下的桃花債，也正因為如此，她們才淪落到必須靠典當物品度日的地步吧？而他日顧宇生一旦回京，還能否想起她們，又是另外一回事了。

對於當年算計她們跟了顧宇生一事，顧晚晴也頗有些後悔。

完全可以用另一種方式的……

那時顧晚晴還年輕，凡事總想出一口惡氣，但現在想想，她們有了孩子，姚采纖肚子裡還有一個，這等說不清道不明的關係，簡直就是冤孽。

看見白氏母女，只是這漫漫長路上的一道插曲，匆匆一瞥即過，雖有感慨，也僅僅是感慨而已，現在的顧晚晴，心腸要比以前硬得多。

又過不久，顧晚晴等人終於行至東安門附近，眾人都緊張起來，前進的速度不由得慢了許多。

「什麼人！」東安門守軍遠遠的將他們一眾喝住。

執法長老從馬車中下來，朝著守軍遙遙一亮手中令牌，「聶相有要務派我出城，速開城門！」

當即守軍中跑出一人過來接了執法長老手中的令牌，仔細翻看一下，回頭打了個手勢，復又問道：「可有出城口令？」

執法長老一愣，顧晚晴也是一驚，從未聽說出城還要什麼口令。看來是城防升級，聶伯光為防有人私自出城，故而定下口令。

執法長老這麼一猶豫，來人即刻臉色一變，當即提槍指來，「你們到底什麼人！」

他這一吼，守軍立時又衝出一隊護軍，將顧晚晴等人團團圍住。

「速去回稟詹士大人……」

顧晚晴聽這聲音熟悉，連忙循聲望去，便見城牆之下坐著一人，竟是傅時秋！傅時秋現在不是應該被軟禁在府中嗎？怎麼會出現在這裡？

顧晚晴雖然心有疑慮，但眼下族人的安全更為要緊。她想提醒執法長老要求見聶清遠，可他們在護軍的監視之下，她又是男裝打扮，低調都還來不及，若是貿然出聲引起護軍懷疑，麻煩更大。

正當為難之時，傅時秋已走近了，還是那副沒正經的模樣，笑著隔開護軍們的長槍，指著執法長老說：「這位陳占光大人你們都不認得？他是聶相的姨丈，可別得罪他。」

執法長老聽聞傅時秋的話後反應極快，冷哼一聲揮開最近的一根長槍，「還不打開城門！」護軍們卻是盡忠職守，雖撤掉了長槍，卻仍是圍著眾人，「請大人說出口令，屬下便立即開城門！」

顧晚晴心急如焚，就傅時秋的反應看來，應是認出她了。可從現在的情況看來，傅時秋也沒有送他們出城的把握。

沒有口令，他們要如何離開？若是聶清遠出現，不僅可以立刻拆穿他們，到時恐怕又會連累了傅時秋。

正當此時，一陣腳步聲近，只聽「參見詹士大人」之言紛紛響起，顧晚晴攥緊了拳頭，正欲跪拜，以期他能認出自己之時，便聽他那清朗的聲音冷喝道：「你們為何還未出城？若耽誤了大事，誰來負責！」

第九十章

# 【一枝冷箭】

聶清遠的話，無疑是證明了顧晚晴一行人的身分。有了聶清遠這個證人，護軍們也不再要什麼口令，不消片刻城門打開半扇。執法長老沒有多言，分別向傅時秋與聶清遠拱了拱手。

就當執法長老登上馬車之時，動作猛然一滯，顧晚晴順著他的目光回望，只見京城之西濃煙沖天，那個位置，正是顧家老宅！

執法長老沉痛的閉了閉眼，低頭進了馬車，一行十一人，出城門魚貫而出，再無一人回頭觀望！

聶清遠站在城門之內目送著他們的隊伍慢慢走遠，忽然耳邊傳來一句低喃，「真沒良心，也不多看我一眼……」

聶清遠略偏過頭去，看了一眼輕抿脣角的傅時秋，繼而轉正身子，「此處耳目眾多，多看一眼，或許會為你帶來意想不到的麻煩。」

「此次一別或許再無相見之期，現在少看一眼，可能這輩子都補不上了。」傅時秋笑笑，不再糾結此事，轉身朝城內而去。

聶清遠卻在原地佇立良久，直到城門合上最後一道縫隙，他斷然喝道：「開門，我與悅郡王出城賽馬！」

顧晚晴等人，人人面色蒼白，腳下卻不停歇，出了京城後便轉了方向。他們要找最近的村子落腳，喬裝混入村民之中暫且安身，靜待天下大定之日。

他們朝著東南方向行進，沒過多久，突聽身後馬蹄連響，眾人皆是一驚，以為追兵到來，當下分為三組四散開去。顧晚晴上了執法長老的馬車一路疾馳，可馬車終是跑不過單人匹馬，很快那馬蹄聲越來越近，不過卻只是兩人兩騎，哪裡是什麼追兵？

「停車！」顧晚晴看清了來人，連忙叫停馬車，不待車子完全停下，人就已跳了下來。

「小心！」

一聲驚呼，她的胳膊已被人抓住。

「想死也死遠點！」待她站穩後，傅時秋咬牙切齒的甩開她的胳膊，於馬上坐直身子。

他那氣急敗壞的模樣，和幾前年一模一樣，顧晚晴失笑出聲，同時，眼眶微濕，眼淚幾欲流下。

「你可以出城嗎？」與他對視半天，顧晚晴只想到這麼一句話。

傅時秋朝後頭指了指，顧晚晴望過去，便見聶清遠身桿筆直的坐於馬上。看到她，聶清遠沒有絲毫表示，連招呼都沒有打一個，只是盯著她，半晌撇過臉去，撥轉馬頭竟就那麼走了。

顧晚晴一時無語，莫名的看著傅時秋，「他……就不怕你跑了……」

「也要我跑得了才行。」傅時秋又恢復了精神，笑著朝她伸出手，「帶妳溜溜。」

顧晚晴想也沒想就遞出手去，藉著傅時秋的力道上了馬，坐在他的身前。

傅時秋脣角輕揚，「坐穩了！」話音未落，他雙腿猛一夾馬腹，馬匹輕嘶一聲，便如離弦之箭一般急奔而出！

秋風雜夾著些許寒意打在顧晚晴的臉上，身後是一個結實挺健的胸膛，這會是他們最後一次見面嗎？顧晚晴不敢想，也不敢問，所以她不說話，只是任他帶著自己疾馳，感受著馬匹的速度。顧晚晴對他的馬術微感驚詫，好得簡直像是從小就練習騎馬一般。

「這兩年我閒著沒事，就學了騎馬。」

傅時秋的聲音突然在頭頂響起，顧晚晴心下黯然。這兩年太子連連失利，連帶著傅時秋也被聶伯光重點關照，只是不知他是如何與聶清遠拉近了關係，獲得了一定的自由。

傅時秋帶著顧晚晴奔出十餘里後這才緩下速度，提馬走到一個緩坡之上，望著靜謐綿綿的連天紅霞，沉寂良久。

「看來……明天又是個好天氣。」傅時秋笑著跳下馬，又揚起手接顧晚晴。

顧晚晴也下了馬，甫一落地，便被一個溫暖的懷抱擁住。

「如果能帶著妳誰都不理，就這麼走了，該有多好。」

幾近呢喃的聲音中，帶著極深的失望。

顧晚晴沒有回答他，就這麼靜靜的任他抱著，他們都清楚，無論是他，抑或是她，都有彼此的責任，都不可能誰都不理，一走了之的。

接下來大部分的時間，兩個人都只是沉默。傅時秋擁著她坐在坡頂看盡最後一絲紅霞，極輕的嘆了口氣，「走吧，回去吧。」

「嗯。」

一個說，一個答，卻是誰也沒有動。

傅時秋緊了緊手臂，「那老頭兒……也不知走到哪去了，找到他還得費些工夫。」他說的是執法長老。

顧晚晴笑笑，「不必找他，我們已經約好了見面的地點，你直接送我過去就行了。」

傅時秋又是沉默一陣，忽然鬆手站了起來，居高臨下的看著她，「妳自己去，妳去了哪，別告訴我。」

顧晚晴失笑，「幹嘛？怕自己忍不住會出賣我？」

「妳怕嗎？」

顧晚晴搖搖頭，想了想，又點點頭。

「我怎會出賣妳……」傅時秋的聲音中摻雜著不被信任的濃重失落感。

「我不怕你出賣我。」顧晚晴站起來，微仰著頭看著他，「就算被你出賣，我也認了。我只是……擔心那些族人……」

傅時秋輕輕笑了笑，如釋重負，又敲了她的頭頂一下，「盡說這些無趣的話，我不想知道妳的去處，是因為我怕我會忍不住丟下一切去找妳，我也怕我睡覺說夢話，把妳的去處洩露出去……」

正說到這裡，顧晚晴忽聞一聲尖銳哨響由遠而近急速逼來。傅時秋雖猛然將她撲倒在地，顧晚晴還是覺得頸下一涼，繼而微痛，轉頭看去，不遠的地面上插著一枝響箭。

「別動，定是鎮北王的前沿探子！」

傅時秋壓下顧晚晴的頭，二人靜候了一會，沒見有什麼動靜，便貓著腰回到馬匹旁邊，準備離開。

傅時秋先上了馬，正伸出手來欲接顧晚晴的時候，目光定於她的頸間，怔怔的，竟愣住了。

顧晚晴低頭一看，原來剛剛那枝箭險險擦過她的頸下，將她的衣裳撕裂了一片，她的鎖骨上也擦傷了。

「那個……」傅時秋的聲音在微暗的夜色中顯得異樣黯啞，「那塊玉，妳一直都戴著？」

顧晚晴伸手探至頸下，摸到一塊繫在頸上的圓形玉珮，不是天醫玉，而是一枚青色玉珮。

「四年前，妳給袁授寫過一封信。上面畫的，可就是這塊玉？」

顧晚晴摸著玉上刻著的歪斜紋路，一時無言。不錯，這是阿獸給她的那塊玉，刻著「晴」字的那塊玉，她已經忘了自己是什麼時候將它戴到頸間的，只知道這一戴就是四年，或許是習慣了，從未有過將它摘下的念頭。

「難怪，難怪……」傅時秋伸著的手慢慢垂下，「難怪妳一直不肯將我放進心裡，是因為，那裡已經有人了，是嗎？」

不是！顧晚晴在心裡接了話，差一點就將這兩個字說出口。她知道自己對阿獸並不是那樣的感情，可她不想否認，尤其是現在。

她與傅時秋之間，間隔的已不再是什麼四年之約，也不是什麼入贅難題。他們之間隔著大雍的皇室與顧家的族人，他們一個要走、一個要留，是註定不會有任何結果的。既然如此，為何還要讓他痴痴牽掛？莫不如……斷了他的念頭吧！

顧晚晴低頭不語，看在傅時秋眼中已是一種回答，他點點頭，良久，又將手伸出來，「來吧，上馬。」

顧晚晴忐忑的將手交給他，便覺得一股大力將自己扯上馬背，而後疾風撲來，又是一番風馳電掣。

這次的沉默比來時更為持久，顧晚晴每每想開口，都強迫自己嚥了回去。就這樣吧，就這樣吧！她不斷的告訴自己，她已經耽誤了他四年時光，不能再繼續下去了！

長時間的沉默與漸黑的夜色，讓此番回程顯得無比遙遠緩慢，夜幕完全降臨之時，傅時秋忽然急拉了一下馬韁，馬匹高嘶一聲前腿抬起離地。顧晚晴低呼著攀住他的胳膊穩住身子，正欲開口詢問，便見極遠之處亮起星點火光，而後，這光芒緩緩彙集，變成數十顆移動的光點。

「是鎮北王的人。」

傅時秋的語氣很淡，顧晚晴卻緊張起來。傅時秋許是察覺到了她身體的緊繃，笑了笑，「妳不用怕，鎮北王穩定民心還來不及，他是不會對妳和妳的族人怎麼樣的。」

顧晚晴自然知道這一點，就算鎮北王再不喜歡她，她現在已是顧家的天醫，在醫學界也算是有了一定的地位，對於醫學界還是能貢獻一點的，就憑著這一點，鎮北王也不會動她。

她擔心的是傅時秋的安危啊！

「你放下我，這就走吧。」顧晚晴盡量讓自己說得漠然一些，「以免被鎮北王的人發現我與你一路，誤以為我是京城派來的奸細。」

「妳這個……」

傅時秋的聲音極低，顧晚晴聽不清他到底說了什麼，只覺得肩頭猛然一痛，卻是他狠狠咬了上來，比以往任何一次都更為用力。顧晚晴緊咬著下唇不讓自己呼痛出聲，眼淚卻不爭氣的滾了下來，也不知是因為自己疼，還是感受到了傅時秋內心的疼。

「顧還珠！」傅時秋鬆了口，說話間帶著淡淡的血腥味，「這次，我是真傷心了。妳……記住我了嗎？」

# 第九十一章

# 【再次相見】

傅時秋到底還是走了，跳下馬迅速的隱於夜色之中。顧晚晴獨自坐在馬背上，感覺不到肩上的痛，卻覺得背後很空、很冷。

他們之間再無可能了吧？

她應該鬆一口氣的，這四年來她無時無刻都想著該如何報答他對自己的好，結果，她就是這麼報答他的——傷透他的心。

那些光點很快變成了可以辨識的火把，眼看著越來越近。一個三十來人的騎兵隊伍出現在顧晚晴的面前。顧晚晴在隊伍中看到了執法長老的馬車，連忙跳下馬去，這一跳，她才發現，原來馬背很高。

顧晚晴顧不上揉揉摔疼的腿腳，一拐一拐的朝那隊伍而去。結果可想而知，在確認她的身分之前，她與執法長老和另外幾個族人被押至一處，跟著隊伍一路疾行，趕在天亮前，進了駐於京外的鎮北王軍營。

「你們是探子？」負責審問的一個年輕將軍語帶遲疑，似乎從未見過由老弱婦孺組成的探子隊伍。

顧晚晴上前說明自己的身分，年輕將軍打量他們半晌，叫人看好他們，轉身出去了。

他這一走便是三天，別說鎮北王，連個能做主的將領影子都沒見著。

顧晚晴摸著胸口的那塊玉，她幾次想求送飯的兵士將這玉送到阿獸手裡，讓他知道自己已在兵營之中，可猶豫幾次又都作罷。她擔心途中萬一出什麼差錯，玉落到鎮北王手中，以鎮北王對自己的偏見，又怎會願意讓她與阿獸聯繫？說不定此次冷落便是他的授意，否則又怎會一連幾天不缺吃喝，但就是晾著他們，不理他們呢？

顧晚晴想著想著也想通了，嚴格說起來他們現在是俘虜，並且待遇不錯，何必非得見什麼人說什麼清楚呢？只要鎮北王進京，那麼早晚都見得到的。

如此顧晚晴等人又過了兩天的米蟲生活，到了第五天下午，終於有人來提審他們了。

顧晚晴和執法長老被人帶往營地中心一處寬敞的大帳，才一掀簾，便覺團團熱氣撲面，進了帳中，見這裡布置得柔軟細膩，好似一個女子閨房，又見帳內屏風後人影閃動，一人轉出，竟是顧明珠。

「果然是你們！」顧明珠看起來喜不勝收，快步過來拉住顧晚晴的手，「這幾日我不在，剛回來便聽說營中抓了顧家的人，怎麼樣？這些日子還好嗎？二伯和大長老呢？」

顧明珠興奮得有些失態，顧晚晴卻冷靜異常，她在想，顧明珠是一個月前離開京城的，按理說她現在應該南下或者藏在哪個村子裡，怎會出現在鎮北行營，並且似乎被奉為上賓？

難道也像自己一樣，是被抓來的？

顧晚晴疑慮之時，執法長老已向顧明珠說了顧長德與大長老的決定，顧明珠一時悵然，連帶著興奮之情都消減不少。

「妳怎麼在這？」顧晚晴終於有機會開口，「跟妳一起出來的族人呢？」

顧明珠柔柔一笑，拉著顧晚晴坐到鋪著棉墊的凳子上，「他們都在營中，有時幫忙救治傷患，王爺待他們很好。」

她回答了第二個問題，第一個問題卻略過了，顧晚晴也沒有打算繼續追問，既然她刻意迴避，再問也未必能聽到實話。

「阿獸……袁授呢？我想見見他。」

顧明珠輕笑，「在外營遭了幾天的罪，還是先好好休息，明天一早我帶妳去見世子。」說罷她輕抿了一下雙唇，「我得先去安排一下，世子現今身分不同，並不是隨便就能見的，而且……妳也知道王爺對妳有些看法，這件事，還得背著王爺才好。」

顧晚晴點點頭，並未反對，依著她的安排梳洗休息。

形勢比人強，雖然在顧家顧明珠得聽她的，可在這裡，她沒有反對的餘地，就算她心裡不舒服，一樣得忍著。

顧晚晴突然有一種感覺，或許，這幾天的空等並不是鎮北王的安排，鎮北王可能真的不知道她也到了營中。

當天晚上，顧晚晴就住在顧明珠的帳中，顧明珠也簡短的述說了她會出現在這裡的原因，並不是被錯當俘虜，而是有意投奔。當初他們出了京城，沒幾日便聽說鎮北王大軍已至，當下前來投奔，用顧明珠的話說，為保族人安危，這裡才是最安全的地方。

「世子他……和以前不同了，明日妳與他相見，要有些準備才好。」

聽著顧明珠的勸告，顧晚晴不知該如何回答。

四年不見，有變化是正常的。

「我一直想問妳。」顧晚晴想著那個素來沉默的身影，「妳與聶清遠之間，到底有無情愫存在？」

在她想來，聶清遠不想娶聶伯光指定的聯姻人選，無非是為了顧明珠，可是這些年又未見他們有過多交往。尤其這兩年，聶伯光大權在握，也沒說動聶清遠放棄和自己的這樁婚約，如此堅持，聶清遠一定有他的理由。

顧明珠的回答卻很坦白，「有又如何？沒有又如何？現下的局勢，我跟他沒有丁點在一起的可能。」

為什麼不能在一起？她又不是天醫，她對顧家沒有必須要承擔的責任，顧晚晴視她的回答為推脫之言。但這或許也不是完全沒有道理，畢竟，若選擇與聶清遠在一起，勢必要與父母訣別，隨駕南下了。

「怎麼突然問起這個？」顧明珠感嘆一聲，「我們今年都二十歲了，妳是天醫，將來必會招婿入贅，大把的人選供妳選擇，我就不行了，已經是個老姑娘，能不能嫁出去，都很難說了。」

結果，顧晚晴還是不知道顧明珠與聶清遠之間到底發生過什麼？有沒有過什麼約定？

似乎自己與她的距離越來越遠了。

這是顧晚晴再次見到顧明珠的感覺。

這四年間她們雖然各自都在長老閣學習，但常常是各顧各的，到了後期多有研究課程，時常各自一閉關就是數天，交流的機會就更少了。當然，其中不乏顧晚晴對她始終有所防備的原因，以致她們之間很難再談到什麼感情了。

次日清晨，顧晚晴早早便醒了。有人在身側她睡不習慣，尤其是一個她無法全然信任的人。

顧明珠在鎮北營中顯然過得不錯，還有一個侍女供她差遣。對此，顧晚晴倒不覺得怎麼訝異，算起來她是阿獸認祖歸宗的功臣，鎮北王禮遇她也是應該的。

吃完了早飯後，顧明珠便出了營帳。不消多時，那叫巧雁的侍女回來，身後還跟著兩個將士，說是鎮北王有請。

不是說去找阿獸了嗎？顧晚晴心中輕哼，不過這結果倒也不出她的意料之外，至少從昨晚開始，顧明珠就一直有意無意的暗示著自己，見阿獸是一件不容易的事。

跟隨巧雁通過重重關卡，一座極大的大帳出現在顧晚晴眼前。巧雁先行進入通報，而後出來，「顧小姐請進來吧。」

顧晚晴進了營帳，便見帥座上正坐一人，那人面容冷鷙目光平靜，一身戎裝筆挺鋥亮，髮髻一如之前每次見他一般服貼得沒有絲毫凌亂，此人正是鎮北王袁北望。

四年不見，鎮北王未見丁點改變。顧晚晴推斷應是他時常面無表情，皮膚彈性維持的好，起到了一定的駐顏美容功效。

「幾年不見，妳的膽子倒大了許多！」鎮北王開口，仍是那隱含金戈之聲的冷沉嗓音。

顧晚晴皺了皺眉，一見面就給她安了個罪名，他有這麼看她不順眼嗎？

「妳這堂妹，第一次見本王時，嚇得連頭都不敢抬。」

鎮北王聲音又起，對著的卻是在他身側的顧明珠。顧明珠輕笑：「王爺威嚴之儀，很難讓人不心生敬懼。」

顧晚晴這才明白，鎮北王剛剛指的是她直視他一事，當下開口道：「四年前見王爺如此，四年後仍是如此，未有改變，何須再怕？」

鎮北王冷哼一聲，「所以說嘛，膽子的確人了。」說罷他朝大帳角落看去，「授兒，你的救命恩人，可曾見過了？」

顧晚晴微感訝異，急急轉過頭去，便見人帳一角坐著幾個正在整理軍務的年輕將領，坐在最左側的一個，那相貌，那神情……

「見過了。無差。治傷。救命，勉強。」

清冷冷的聲音，聽不出一絲感情。

顧晚晴盯著他，錯愕良久。他似乎感覺到了注視，抬眼回望，也僅是一眼，而後便繼續垂目，整理公文。

鎮北王突然問了一句：「他這是什麼意思？」

一側的顧明珠微有遲疑，仍是解釋道：「世子的意思是，他已見過天醫了，天醫的樣子和以前沒有太大差別，但當初天醫救助世子只是治療小傷，王爺稱之為『救命恩人』，卻是有些勉強了。」

不論顧明珠說了些什麼，聽在顧晚晴耳中都變成了「嗡嗡」一片。

顧晚晴不只一次的想過再見到阿獸會是什麼樣的情景，會不會一見面就哭呢？會不會還像以前那麼依賴她呢？又或許他學會說話，變成了話癆，一見她就說個三天三夜……想過種種可能，但都是以開心作為基礎。

她相信他們再次見面會開心的，可現在……她差點以為見到了另一個鎮北王，冷漠、無情，還……還……還要個翻譯！這到底是什麼情況！

第九十二章

# 【進駐京城】

見到顧晚晴的愕然顯然讓鎮北王很高興，「聽聞妳已是顧家的天醫？」

顧晚晴腦子裡混混沌沌的，轉回身子答了句：「是。」

「妳們族內的事我不會參與，這段時日好生在軍中待著，他日回到京城，妳只管重新聚集族人，繼續為本王效力就是。」

顧晚晴用指甲狠掐了下掌心，讓自己專注一些，抬頭盯著鎮北王，語氣平緩的道：「顧家世代只為皇帝效力。」

顧明珠一聽之下急忙望向鎮北王，鎮北王卻不以為意，還笑了笑，「行了，出去吧。」

顧晚晴欠了欠身，轉身之時又向營帳一角看去，而後自嘲一笑，低頭走出大帳。

走沒有多遠，就聽到顧明珠在後頭叫她，顧晚晴假裝沒聽到，又往外走了老遠，才被顧明珠追上。

顧明珠跑得有些喘，到她面前拉住了她，嘆了一聲，「可是世子的變化讓妳難過了？初見他時我也不敢置信，當初那個一點小事都能笑得那麼開心的阿獸，怎會變成這個樣子？」

雖不欲與顧明珠多聊，但無可否認，這番話還是敲在了顧晚晴的心上。阿獸的笑容她一生也不會忘記，那麼燦爛純淨，而剛剛那個只是一根木頭，根本不是阿獸！

「帶我去見見其他族人吧。」顧晚晴不願與顧明珠談論阿獸的事，「順便幫我請示王爺，看我們在何處紮營。」

顧明珠的雙唇動了動，似乎有話還沒說完，但終究只是點了點頭，帶著顧晚晴往營地另一端而去。

「有些話……姐姐還是得跟妳說。」走了一會後，顧明珠再次開口，「剛剛妳的話已讓王爺心生不悅，往後的日子，還是小心些好。」

顧晚晴笑笑，不太在乎的點點頭，「我知道了。」

顧明珠抿抿唇，又沉默了。

這有什麼好囑咐的？她在大帳內那麼說，存的就是試探之意。鎮北王也已明確的給出了答案，哪還用顧明珠從中再做翻譯？而且還是個不太合格的翻譯！

顧晚晴突然發現，這幾年的疏遠也不是件壞事，最起碼顧明珠變得不再了解她，還當她像幾年前一樣無知。

有了這點頓悟，顧晚晴又變得熱情起來，向顧明珠抱怨起阿獸的冷漠，很是得了顧明珠一通安慰。

顧明珠將顧晚晴送到顧氏族人的集聚地後便離開了，她還得回她自己的營帳中去。顧晚晴才知道，顧明珠現在是鎮北王的私人大夫，所以才會有這些禮遇。

往後十餘日，顧晚晴都與族人在一起，有時也會醫治傷患。但讓顧晚晴感覺奇怪的是，營地中十分安靜，並沒有出兵的跡象，可是每日都會有傷者送來，不知道都是執行什麼任務的人。

這些天，顧明珠每日都會前來與顧晚晴小敘一會。顧晚晴也漸漸和她聊多了一些，還時不時的打聽阿獸的消息，表示自己還想見他，都被顧明珠以各式理由推脫。顧晚晴心急之際摘下頸間的刻字玉珮，要她拿給阿獸，顧明珠答應了，保證親自交給阿獸，而後便帶著玉珮離開了。

顧明珠走後，顧晚晴才總算又得了清閒。這幾天她一直在想，顧明珠到底是在在意什麼？究竟自己有什麼吸引力，能吸引她每日前來？按理說，她們現在算是各司其職，就算她不來，也沒有什麼關係。

至於什麼姐妹情深的因素，顧晚晴根本一點也不考慮，因為那種因素壓根本不可能存在。

想來想去，顧晚晴想到了這塊玉，而後恍然大悟。難怪有好幾次顧明珠特地提起當日她帶阿獸製玉一事，懷舊是假，索玉是真。

究竟是誰讓她惦記上了這塊玉呢？是鎮北王覺得這種類似於信物的禮物不妥？還是阿獸後悔了之前的行徑？抑或是……顧明珠想切斷自己與阿獸間的聯繫？

似乎最後一種的可能性更大一點。

顧晚晴相信，如果顧明珠當初爭得了天醫之位，她一定會用她的辦法將顧家再次帶往頂峰。可事與願違，她與天醫失之交臂。按照俗成之例，顧明珠日後只能襄助於天醫，若顧家刻意留她幾年不替她說親，待她過了婚嫁之齡，說不定還會要求她進長老閣，為顧家奉獻終生。

若真是如此，顧明珠會甘心嗎？別說是顧明珠，就連顧晚晴自己不也是因為不甘心，所以才爭了天醫來做嗎？

人到困境，自然會為自己想出解脫的法子，顧明珠自然不會例外。

至於顧明珠充滿心機一事，顧晚晴並不是頭一日知道，也絲毫不覺得奇怪。顧明珠本就是庶出

之女，若無一點心機，在顧家這樣的宅門爭鬥中恐怕早已成了犧牲品，怎會小小年紀便出人頭地，令人不敢低看她？

但她對阿獸……顧晚晴不覺得短短月餘相處會決定一個人的感情走向，只希望她一旦決定便不要輕易回頭，不要像對聶清遠一樣……想到聶清遠，顧晚晴心下微黯，那個永遠把關心裝在心底的男人，他是在等顧明珠嗎？他知道顧明珠已經放棄他了嗎？

接下來的日子，營中的氛圍突然變得緊張起來。顧明珠不再每天出現，傷患卻日漸增多，顧晚晴摒棄一切雜念，專心做好自己的職責。

有一日，大軍開拔，朝著京城緩緩而近。

終於要入京了嗎？

顧晚晴坐在馬車裡，胳膊倚著車窗，遙望著遠方的京城發呆。

聶伯光帶著泰安帝走了嗎？傅時秋、聶清遠、顧長德和大長老，都走了嗎？她和他們，這輩子還能有再見之日嗎？

兩個時辰後，顧晚晴已由東安門乘車而入，短短半月時間，還是這扇城門，卻已物是人非了。

「在想誰？」

冰冷的嗓音忽然出斜後方傳來，顧晚晴轉過頭去，便見阿獸騎著馬頓步在馬車之側。

這是半個多月以來顧晚晴第二次見到他，距離近了很多，好像一抬手就能碰到他一樣。顧晚晴沒有回答他的話，仔細打量著他，還是飛揚的長眉，明亮的雙眼，好看的雙唇似乎下一秒就會現出一個燦爛的笑容。

可，終究是不一樣了。

現在的他眼含冷霜，穿著一身火紅的精甲戰袍，坐於戰馬之上，挺拔得好像一桿標槍。他看起來更為英挺俊朗，但他卻不再是阿獸了，他是袁授，鎮北王世子，袁授。

「我不喜歡這樣的你。」顧晚晴看著他，說出這句話，而後抬手放下窗簾。

如果說之前她還想過今後與他如何相處，那麼當她在大帳內第一次見他後，這種念頭便消失無蹤了。

她堅信這並不是她所認識的那個阿獸，他只是袁授。一個和她並沒有太多關係的人，所以她把那塊玉給了顧明珠，因為阿獸已經只存在於她的心底，再也找不回來了。

傷心？或許有一點；難過，也是有的。但這都是在哀悼阿獸的消失，並不是為了眼前這個冷冰冰的、和阿獸長著同樣面孔的人。

鎮北王入京的行程安排得十分完美，沒有意外發生，百姓夾道歡迎。連吹了幾天的冷風都停了下來，秋日的陽光曬在身上，沒有一處不暖。

鎮北王就這樣入了京、進了宮，順理成章的成為大雍宮的新主人。當然，缺了點名正言順，所以他空著大雍宮的光明正殿，一切事務都在側殿進行，以示自己並無奪位之心。只為「清君側」而來，現在則是「救聖駕」。

顧晚晴等人在鎮北王的勉勵之下，回到顧家重建家園。

顧家此時已是一片殘垣敗瓦，想要重建難度很大，但值得！只是燒了一些房子而已，至少有八成族人躲過了聶伯光的追究。

顧晚晴試圖打聽顧長德與大長老的消息。據回聚的族人所說，大火後不久，聶伯光便派人四處搜尋，應該是在找那些珍貴的藥材和典籍，人也抓了一些，可是藥材典籍之事本就是機密，只有顧晚晴幾個人知道，聶伯光自然一無所獲。也有一些族人為此而死，但從未聽說聶伯光處決了大長老和顧長德，應是與他們一同南下了。

這個消息總算讓顧晚晴心中稍安，無論如何，他們還活著就好。

顧家的重建工作雖然開始進行，但時值深秋，可以動工的時間有限。鎮北王也算體貼，另賜了一處府邸供顧氏族人暫住，雖然其中不免隱含監視之意，但總比無片瓦遮頭要好得多。

安頓下來的第二個晚上，顧晚晴整夜輾轉難眠，一會想到傅時秋，一會想到大長老，更想的是葉氏一家。他們隨著顧宇生那批人出城，按理說聽聞鎮北王入京後就應回京與自己團聚，可是已經過了兩天，他們還沒有出現。

思緒紛紛雜雜，最後顧晚晴實在撐不住，迷迷糊糊的睡了過去。

也不知過了多久，覺得身後似乎多了些東西，她迷糊間伸手朝後摸了摸，摸了幾下，人已猛然清醒，她的身後，竟似一個人！

顧晚晴瞬間驚醒，打了個冷顫。當她要坐起之時，身後那人忽然伸出手來將她抱個正著，像隻小獸一般蹭著她的後背，話語模糊的委屈低喃：「妳那麼說我，我也不喜歡。」

# 第九十三章

# 【夜半私語】

顧晚晴實在是被嚇到了，身子僵了一會，張嘴就要大喊，可在那之前，一隻大掌捂上她的嘴，而後便聽到小小一聲——

「晴……」

顧晚晴慌亂之中扭頭過去，藉著外間不太明亮的夜燈，便見一張滿是委屈的英挺面孔，使勁眨眨眼，看清了，她的眼珠子差點沒掉下來。

阿獸？不，是袁授。

真的是他？那剛才像撒嬌似的指責是怎麼回事？

顧晚晴不再掙扎了，就那麼瞪著他，半天也沒吭聲。

袁授也鬆了手，看著她的神情，慢慢的放開對她的鉗制，臉上滿是失望之色，「妳真不喜歡我了？我之前不是故意那麼對妳的。」

顧晚晴還是沒辦法接受這個巨大的轉變，這判若兩人的態度也差太多了！

見她仍是不說話，袁授急了，一下子扯開衣領，露出裡面的衣裳，「妳看，妳給我做的衣裳，我一直都有穿著的，但是我又怕穿壞了……」

顧晚晴的視線落到他的胸前，從那不太整齊的針腳和充滿現代意味的襟前花紋來看，他外衣下穿的果然是自己送他的那件衣裳。

「當初父王帶我走的時候怕我暈車，把我迷暈了，我醒來的時候看到車上有這件衣服，雖然沒人告訴我，但我就是知道是妳做給我的。」

看他眉目間透出的幾分驕傲，顧晚晴總算找回了一點自己的聲音，「你……是怎麼知道的……」

聽她終於開口，袁授極為歡喜的樣子，瞬間便綻開一個燦爛的笑容，一如既往，「因為太難看了啊！」

顧晚晴想也沒想一巴掌拍到他的頭上，而後又看著他的笑容出神。良久，才泛出一個不可思議的笑容，「原來……你會說話啊……」

之前他那麼惜字如金，還需要用到翻譯，她一直以為是他無法流利說話的緣故。

袁授則垮下臉，「學了這麼久，誰還不會？只不過我不喜歡和他們說話。他們不讓我見妳，都不是好人。」

看著他萬分不爽的模樣，顧晚晴終是失笑出聲，又試探著伸出手指，碰了碰他的臉頰。袁授馬上貼過臉來，在她手中蹭了蹭，而後漾起一抹心滿意足的笑容。

還是一樣啊……感覺著手心的觸感，顧晚晴的眼眶都濕了。直到現在她才明白她有多害怕失去阿獸，之前種種，不過是在強行壓抑，故作堅強罷了。

「父王不喜歡看到我對別的人好，他對我說，人有了感情就會軟弱，就會出錯，所以不能有感情。他說什麼我都照做，但我心裡知道，這是不對的。」

聽著他的話，顧晚晴心頭升起一把無名火，就像自己的孩子被別人教壞了一般！

袁北望那老混蛋，自己冷血，就要把兒子也訓練得冷血，難道他不知道他已經變態得很嚴重了嗎？

「妳還在……生我氣嗎……」隨著顧晚晴的臉色沉下，袁授的聲音也漸漸變得遲疑起來。

「沒有。」顧晚晴吐出口氣，本想多說點什麼，但轉念一想，鎮北王怎麼說還是他爹，說得太多，反而有挑撥他父子關係之嫌，當下只道：「你的想法是對的。」

「那……」袁授歪歪頭，看著她，「妳還生我氣嗎？」

他那小心翼翼的模樣引得顧晚晴心裡一陣溫暖，像以前一樣揉了揉他的頭髮，笑著說：「沒有，我不生氣了。」不僅不氣，還很慶幸。

「太好了！」

袁授猛然撲過來抱住她，兩個人在床上滾成一團。顧晚晴被他壓得難受，連蹬帶踹的想把他踢開，他卻主動直起身子，看看她，目光下移一些，而後抬頭再看看她，認真的道：「大了很多啊……」

顧晚晴聽明白他的意思，臉上騰的漲紅一片，心裡幾欲吐血。用力把他推到一旁，她極為鄭重的說：「以前你不懂事也就罷了，以後不許對我這麼摟摟抱抱的，懂嗎？」

袁授嘛著嘴，很不情願的樣子，「那我以後不碰那兒了行不行？」

顧晚晴羞憤萬分，「不行！」

「只抱腰……」

「不行！」

「那只拉手總行了吧？」他鬱悶的表情，像是「一副我虧了」的模樣。

顧晚晴不回答他了，抬腿踹他，他就硬生生受著。顧晚晴又嚴厲重申了一遍自己的話，他才不甘心的點了點頭。

顧晚晴也很鬱悶，從他們第一次見面開始，她就被他吃過豆腐了，雖然後來她連本帶息都看回來了，但偶爾想起來也會尷尬。尤其是現在，他不再是以前那個懵懵懂懂的阿獸了，他和她一樣年紀，是個成年男人了。

「我們去那邊說話。」顧晚晴說著起身下床，拿了外衣穿好。

袁授卻沒動，「就在這吧。」他探頭朝外室看了看，「要是被人發現我來這裡，被父王知道也有點麻煩。」

顧晚晴好氣又好笑的看著他，她還以為他只知道要賴撒嬌呢，原來也是明白事的。不過他說的也有點道理，大半夜的讓人發現他在這，就算沒事也變成有事了。

「你怎麼進來的？」顧晚晴縮回床上去，又放下幔帳。

袁授這回真的不碰她了，只是仍坐在離她很近的地方，一臉獻寶的樣子，「我現在的功夫好著呢。」

顧晚晴想想，也對，以前他就「綁架」過她，她不也一樣沒有發現嗎？

「你這些年……過得怎麼樣？」顧晚晴明明有好多話想問，可又不知從哪裡問起，憋了半天，才問出這麼一句。

袁授搖搖頭，「不太好，父王很嚴厲，我也很想妳。」

「是嗎？」顧晚晴有意虧他，「前段時間剛見你的時候，我可沒發現你有多想我。」跟著又學他當天的樣子，「嗯，療傷，救命，勉強。」

袁授面現赧然，「那不是……那是特意要做給父王看的嘛。我那個時候，拿筆的手都是抖的。」說完他猶豫了一下，才捲起左臂的衣袖，將手遞了過來。

顧晚晴皺了皺眉，他的小臂上印著一個清晰的牙印，雖然早已癒合，但從傷口的猙獰程度來看，不難想像當初傷得多深多重。

「剛到漠北時，我又害怕，又聽不懂別人的話，做錯了事就要受罰，我也不敢哭，如果父王發現我哭，會罰我罰得更厲害。我很想妳，又怕被父王看出來，就只能偷偷的咬自己，想一次就咬一次。我那時總在想，一定是我傷得不夠重，如果我傷得嚴重，妳就會像在山裡的時候那樣出現在我身邊，摸摸我，然後我就好了。」

顧晚晴聽著聽著鼻子又酸了，他說得輕鬆簡單，但他最初的那段時間一定無比難熬。吃飯、說話、識物、辨意……這些常人看來無比尋常之事，每件對阿默都是一項挑戰。他面對的又是那麼冷厲嚴苛的父親，在那樣的環境，他從懵懵懂懂到假意迎合，其中到底經歷了多少艱辛？這需要多堅強的毅力？實在難以想像。

只不過，她認識的男人怎麼都這麼愛咬人？一個是咬她，一個是咬自己，難道都是野獸派的？

「我知道父王有意篡位的時候，不知道有多高興，因為我又能回來了，能見到妳了。」

他的表述讓顧晚晴十分無語，「你父王是『清君側』來的。」

袁授全然不在意的笑了笑，「反正誰都知道他回來幹什麼的。」

顧晚晴一想，也對，反正他心裡有譜，出去也不會亂說，和她說說，倒也沒有什麼。

隨後袁授又問了顧晚晴這些年來的經歷，讓她從頭講起，都做了什麼、說了什麼話，恨不能每頓飯吃了什麼都要問一問。聽到白氏母女逼上門來的時候他面色猛然一沉，許是受鎮北王的教化過多，那一瞬間自他身上散發的寒冰冷意，當真與他爹一般無二。

「如果你方便出城，幫我留意一下有沒有爹、娘和昭陽的消息。」說起這個，顧晚晴十分擔心，她就怕葉氏夫婦被匆忙出京的舊皇一部沖散了或是出了什麼意外，否則為何已過了兩日，他們還沒有任何消息？

「妳放心吧。」袁授並沒作過多保證，語氣卻是理所當然。隨後，卻又是用嫉妒的口吻，「妳才幾個月不見他們而已，就這麼牽掛，我走了那麼久，妳連封信也沒給我寫過。」

提起這事，顧晚晴也十分無奈，「我寫了，真的。只不過信又被退了回來，那邊的軍營說沒有你這個人。」

「怎麼可能！」袁授差點跳起來，不過馬上又平靜下來，「我知道了……一定是父王……」說著他沉默了一會，「不過我每個月都會收到顧明珠的信。」

這次換顧晚晴差點沒跳起來。

「這是什麼時候的事？」

看著顧晚晴急迫的樣子，袁授忽然笑了，一雙眼睛閃亮閃亮的，「從我走後啊，四年了哦！」

顧晚晴鬱悶了，四年了，每月一封信，顧明珠竟然瞞得滴水不漏，難道她從那時起就惦記上了

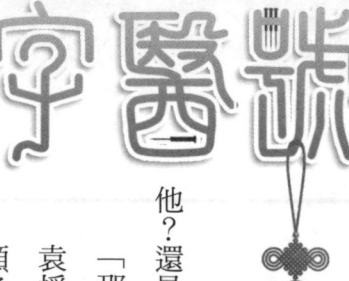

他？還是說，她當真對他一見鍾情，再捨不下他了？

「那些信你都回了嗎？」

袁授笑得眼睛都瞇起來了，伸出一根手指，「只回過一封。」

顧晚晴本想問他回的是什麼內容，但又覺得這是人家的隱私。可一想到顧明珠當初「好心好意」的來和自己說什麼要幫她給阿獸傳遞東西時，她就止不住的煩悶，再想想最近顧明珠防範自己的行為，心裡更是有氣，當下說道：「那塊玉呢？還給我吧。」

第九十四章

# 【心存試探】

袁授愣了愣。

果然！

顧晚晴假意生氣：「裝什麼傻，之前五姐姐說見你很難，我就讓她把玉交給你，好讓你來見我，怎麼，反悔不想送我了？」

袁授看了她一會，笑了笑：「好，改天拿給妳。」

顧晚晴點點頭這才又去扯別的事了。

本來她對顧明珠想要攻占袁授這事沒什麼過多的想法，尤其是見他那副冷冰冰的樣子後就更沒什麼想法了，可是現在她又有想法了，因為阿獸還是阿獸。

對於顧明珠的作法，顧晚晴也不願去惡意中傷她，她只是說出事實，一切事非由袁授自己去判斷。

當天晚上他們說了許多話，直到晨光破曉袁授才戀戀不捨的走了。顧晚晴又躺回去睡了個回籠覺，下午醒來看著安靜如昔的房間她還以為自己做了個夢。

隨後幾天一切照常，袁授沒再出現過，越讓顧晚晴懷疑那天晚上的真實性。

然而，舒服平安的日子並沒有過多久，鎮北王腰疾突犯，傳顧晚晴入宮診治。

這是顧晚晴第一次沒有大長老與顧長德在身邊的情況下入宮看診，她多多少少覺得有點不踏實，不過時勢如此她也沒有其他辦法，便帶了長老閣的兩個長老一同進了宮。

鎮北王並未住在泰安帝的寢宮，而是住在紫宵宮左側的明乾宮中，以示自己沒有踞位之心。顧晚晴到的時候，毫不意外的在這裡看到了顧明珠。

鎮北王入京後，京內一切官員、內侍全都照用不誤，唯獨不信任御廚和御醫，所以現在這兩個部門的人都是鎮北王自己帶來的。顧明珠不知怎的那麼得鎮北王信任，以私人大夫之名自進京起，就住在了宮中隨時照看鎮北王的身體。

「王爺的背傷乃是多年征戰所留的，日前我已開了方子，又施以針灸之法緩解王爺疼痛。」顧明珠一邊說，一邊將記載藥方及下針穴位的記錄交給顧晚晴，「不過只能治標無法治本，日前王爺聽聞『天一神針』之名這才召天醫入宮。」

顧明珠說著話，瞄了眼聚在外室的其他御醫，上前一步壓低了聲音道：「妹妹的能力可用嗎？

若有難處一定要與我說，我可為妹妹周旋一二。」

顧晚晴並未搭理她的話，仔細的看過她開的方子，然後道：「我這便為王爺醫治陳年之傷，治起來有些麻煩，得慢慢來才行。」

不是顧晚晴不領情，而是她真不敢領這個情，也不願過多對顧明珠透露自己能力的事情。而顧明珠或許從顧長德處聽說過異能之事，但並沒有機會親眼看見，想來是懷有疑慮的。一件對方尚未肯定的事，她何必急著承認？

轉入簾帳之中，顧晚晴才發現簾帳後另有人在座，在床前的是兩個三十六、七歲的雍容婦人。有一個顧晚晴以前在鎮北王府見過，是鎮北王的劉側妃；另一人服裝打扮與劉側妃相仿，想來也是一名側妃。

顧晚晴先行見過二人，劉側妃起身讓開了床前的位置，又對顧晚晴勉勵幾句，言語神態極有風度，令人心生好感。

除了她二人，另有兩個二十多歲的年輕男子立於一側，眉眼都與鎮北王有幾分相似，應該是鎮北王的兒子。他們一個愁眉緊鎖，一個面含憂色，看起來很是為鎮北王擔心。

顧晚晴卻頗為不屑，鎮北王這樣的變態教出來的兒子能好到哪去？只是做戲罷了。

顧晚晴將他們請到帳外後，走到床前見鎮北王雙目輕閉頭髮披散的躺在那裡，看起來比平日少了幾分凌厲，也算得上是老帥哥一個，但還是很可惡……

只要一想到袁授這幾年受的苦，顧晚晴就開始盤算著腰部有哪幾個穴道扎起來最痛，一會非得扎個過癮不可！

顧晚晴坐於床頭，伸手替鎮北王把脈的期間，鎮北王一直沒有醒過。顧晚晴面上微露訝色，又診了良久，起身走到顧明珠身邊低聲道：「五姐姐之前可替王爺診過脈了？」

顧明珠點點頭，一雙含水美目始終盯著她，不肯錯過她的一絲表情。

「那為何……」顧晚晴猶豫了一下，「五姐姐，我認為王爺是感染了風寒，風寒所致體虛之症才又引發了腰疾，照此看來只需針對風寒對症下藥，風寒症狀緩解之後，王爺的腰痛自然可以減輕大半，藉時再以針灸之法除根會方便得多。」

顧明珠一愣，「風寒？」

「是啊！」顧晚晴的樣子看起來有些迷惑，「所以我才奇怪，五姐姐開的方子裡為何沒有針對風寒的藥物？」

顧明珠沒有回答，馬上轉身走至床頭給鎮北王診脈，半晌怔怔的收回手來，喃喃自語道：「怎麼會？」

雖然脈象還不太明朗，但確實是風寒之象。顧明珠向來對自己的醫術有信心，這次怎會出現如此紕漏？

顧明珠百思不得其解，突然她腦中靈光一閃，想起天醫決選之時，顧晚晴負責的病患也是莫名其妙的轉為風寒之症，難不成這就是她的能力？能使任何病症都轉為風寒的症狀？

雖然顧長德以前說的是顧晚晴擁有一種神奇的治癒能力，但轉為風寒實則已和治癒差不多了。

這時顧晚晴已在原有藥方上又增加了一副風寒藥方，令宮人去煎藥後，又回到了床前盯著鎮北王，輕輕動了動眉梢：「王爺腰痛難忍，不如讓我為王爺下針稍緩疼痛。」

顧晚晴主動要求，顧明珠自然沒有異議，馬上便有宮人上前意欲將鎮北王翻轉過來。可那些宮人的手才碰上鎮北王，他的眼睛突然睜了開來，不只嚇了顧晚晴一跳，連顧明珠都嚇得倒退一步。

鎮北王因腰痛夜不能寐，所以顧明珠特地在藥中增加了令人安睡的藥物，至少可保服藥人熟睡兩個時辰以上，怎麼會這樣？

再說鎮北王睜開眼睛，也不瞧旁人，直盯盯的看著顧晚晴，眼中迸出的寒光讓顧晚晴身上冷颼颼的。半晌，鎮北王緩緩翻過身去將後背露了出來。

這是什麼毛病啊？顧晚晴穩了穩心神，打開隨身帶著的針包，拈起一根長針，認準穴位，便朝他腰間刺了下去。她這幾年醫術並不是白學的，自然知道扎哪裡最疼針才刺入。便見鎮北王的背部肌肉猛然一縮，那針再也刺不下去了。顧晚晴知道針是被他的肌肉絞緊了，急忙開口道：「放鬆一些，針要是斷在體內可有些麻煩。」

鎮北王冷哼一聲：「我還以為妳的殺氣有多厲害，不過爾爾，比起刀傷的疼可差得遠了。」

聽著他的話，顧晚晴手上一僵，鎮北王似乎有所察覺，竟然笑出聲來，好似萬分愉悅。

還說不是變態？顧晚晴連忙放了手，就任著那針扎在他的腰上。她很難理解殺氣是什麼感覺，但想來與剛剛自己琢磨怎麼讓他疼的那時候有關，既然他早已有所察覺，為什麼不馬上制止她，反而要挨上這麼一針才舒服？

「王爺明察。」顧明珠在旁連忙開口，「天醫所取穴位正對王爺病症，才會有此疼痛。」

鎮北王抬手止住了顧明珠的話，「急什麼？我沒怪她，也不會怪罪於顧氏。」

此時，顧明珠這才面色稍緩，不過再看向顧晚晴的目光中總帶有些責怪之意。

顧晚晴假裝沒看見，轉了話題道：「王爺這些日子可否受了涼？或者偶有頭痛之感？」

鎮北王略想了想，「許是前幾日在外練槍時受了些風，但我並沒什麼不適之感。」

顧晚晴轉身與顧明珠道：「可能當時病症未顯，這幾日才復發。」

顧明珠極緩慢的點了點頭，神情微有些恍惚，難道她猜錯了？王爺的風寒根本不是因為什麼能力，而是舊症又發？

一時間，已經肯定的答案又變得模糊起來，她越發不敢肯定顧晚晴所謂的能力到底是什麼了。

顧晚晴卻神色如常，趁鎮北王不注意，迅速出手想要拔回自己的金針，卻不防鎮北王出手如電，瞬間便鉗住她的手腕。顧晚晴一驚，本以為鎮北王多年的訓練讓他時時警覺，但抬眼又見他轉瞬不眨的盯著自己，分明是有意所為，頓時有些惱怒。

「我就說妳的膽子越來越大了。」鎮北王目光冷厲，「我知道妳對授兒不死心，但妳應該明白你們是絕對不可能的，以前沒有，以後更不會有！」說罷，他放了手，自己拔出那根金針，遞到顧晚晴面前。

顧晚晴垂目接過金針，語氣平緩的道：「如果他還是原來的阿獸，那麼我不管付出多少代價也會保護他；如果他已經不是阿獸了，我想不出我還有接近他的必要。」

顧晚晴說完收起金針，躬身向鎮北王拜別。她不理會顧明珠隨後的輕喚，直將她甩得老遠，乘馬車出了宮後，便看到另一輛馬車停在距離宮門不遠的地方。

「怎麼樣，派上用場了嗎？」

看著車內面無表情的顧長生，顧晚晴輕一點頭，上了馬車。

「果然。」顧長生將目光轉向窗外，放空了一陣，開口道：「她對妳的敵意已經很深了，不然不會急於弄明白妳的能力。不論如何，自己要多小心。」

顧晚晴有點心不在焉，回道：「以後我有需要可以自行收集，不用你把自己弄病了給我提供資源。」

鎮北王的風寒的確是她搞的鬼，自從她發現病症可以直接傳入人體後，便又少了一道程序，無須再用病水下藥，直接可使人致病了。而她這麼做，意在混淆顧明珠的判斷。至於鎮北王稍早曾患風寒一事則更為簡單，現下正屬秋冬交替之際，寒風凜凜，有些傷風感冒實在再平常不過。

「小心為上嘛。」顧長生轉過頭來朝她露出一個笑容，「我還想著能馬上離開顧家，現在看來又要留一段時間了。」

「其實你可以馬上就走。」

顧長生搖頭，「顧家對我有養育之恩，有教授之義，大長老與家主不在，妳可以信任的人很少，加上顧明珠對妳這莫名的敵意我不放心。」說完他想了想，又加了一句：「我是不放心顧家，不是不放心妳。」

顧晚晴朝他翻了個白眼：「你盡可放心，顧明珠還是很看重顧家的。」否則那時顧明珠不會那麼著急，生怕鎮北王因自己而怪罪顧家。

顧長生還是搖搖頭，隨即又去放空了。顧晚晴也沉默下來，今天得顧長生提醒，自己早做準備，否則很容易在顧明珠手中落下把柄。現在雖然明白了顧明珠的意圖，以後也容易防範，但鎮北王今日的舉動又讓她的心裡開始不安起來。

第九十五章

# 【傷勢嚴重】

會是什麼呢？顧晚晴想，鎮北王的目的無非是不願自己與袁授來往，可她現在已與袁授保持距離了，還值得他這麼不放心嗎？可要說另外的目的，她想了很久也沒什麼頭緒。

過了兩天，鎮北王也沒再召她入宮，應該是風寒好了，腰痛也因為顧明珠的藥物和針灸而有所好轉，又能專心篡位了。

值得一提的是顧明珠出宮了，又重回了顧家族人的懷抱，依舊對顧晚晴體貼熱情，讓顧晚晴不禁再想，她是不是又有了什麼別的歪念頭？

觀察了一段時間，也沒什麼發現，顧明珠只是進宮的頻率稍高，其他的一切如常，也沒再向顧晚晴打聽異能的事。

時光飛逝，轉眼之間又是一個冬天。這天早上，顧晚晴醒來便發覺手中多了樣東西，正是袁授曾經送她的那塊青色玉珮。

他又來過了？顧晚晴在屋子觀察了一圈，發現窗子有被打開過的痕跡，當下搖了搖頭，看來她得趕快適應他這種來去飄忽的習慣才行。同時心裡又有點埋怨，怎麼來了也不叫醒她呢？她還有很多事情想問問他。畢竟對於鎮北王，她心裡始終有點不踏實。

重新將那塊玉戴到頸間。顧晚晴一如既往的想要去找顧長生討論一些醫學難疑之時，冬杏在外叫門，卻是顧明珠來了。

因為不知袁授是如何從顧明珠那裡要回玉珮的，顧晚晴小心為上，再次確認玉珮在衣服裡藏得好好的，這才到門口迎了顧明珠進來，見到她時又是一愣。

顧明珠的打扮與以往很是不同，她向來是走溫婉路線的，今天竟破天荒的穿了一身方便行動的騎裝！她身後的丫鬟手裡還抱著厚厚的裘皮斗篷，顯然是要外出的。

「妳怎麼還沒準備？」

顧明珠的話更是讓顧晚晴莫名其妙，「準備什麼？」

「準備去西郊啊，王爺派來接我們的車已在府外候著了。」顧明珠也是一副訝異的模樣，「妳別跟我說妳不知道啊！」

顧晚晴搖搖頭，「沒人通知我，去西郊做什麼？」

顧明珠看起來十分無奈，「王爺要去西郊的萬春園乘坐『冰船』，朝中二品以上的官員及家眷全部隨行，妳是天醫，雖不占官位，但等同三品爵位。王爺特許我們一同隨行，這件事早就定下了啊。」

看顧明珠無語的樣子不像作假。顧晚晴不禁想這會不會是鎮北王的又一次陰謀，有意在出發之時才帶上她，以防她託辭不去吧？

沒辦法，顧晚晴馬上差冬杏和青桐為自己準備出行的裝備，也這才明白鎮北王前段時間賞了整套的冬裝是幹什麼用的。跟顧明珠一樣，她也是騎裝加身，羊皮面兔毛裡子的短靴，外面是一件五色裘皮拼紋斗篷。

裝扮好後，顧晚晴和顧明珠就跟雙胞胎似的，兩人是堂姐妹，本就有幾分相像，現在打扮相似，看起來辨識度更低。唯一不同的是顧明珠的衣裳都是暖橘色系，而顧晚晴則是粉紫色系。

平時出門顧晚晴都是帶著冬杏，青桐留下看家，這次也不例外。臨出門前青桐在顧晚晴手中塞了一個小暖爐，想了想，又讓冬杏回去取了針包隨身帶著，以備不時之需。

出了顧晚晴的院子，顧明珠輕笑，「青桐還是這般貼心，以前在我身邊時也是細膩周到，沒有一點閃失。」

顧晚晴笑笑，「都是老太太教得好，我這也就這麼一個像樣的。」

說起青桐，剛回來時顧晚晴不是沒有懷疑過，畢竟青桐在顧明珠身邊也待了那麼長時間，而她搶了顧明珠的天醫之位，自然要有所提防。不過四年來下，她還是願意相信自己的眼睛，願意相信青桐的真誠。

當初青桐在跟了顧明珠不久後便自動請求去了織繡房，說明青桐沒有過多的想與顧明珠培養感情。而青桐自小便是孤兒，被老太太所救，並無其他親人，故而不存在被人要脅的可能；若說好處嘛，排除青桐的為人，縱然真有好處相誘，顧明珠能給的，她顧晚晴一樣能給，她們之間又有舊主之義，顧晚晴想不出青桐有什麼理由背叛她。

如今顧明珠特地將青桐提到一個讚賞的地位，更讓顧晚晴放心。若她還是原來的那個顧晚晴，聽了這番話後心裡肯定不舒服，自然會逐漸疏遠青桐。好在，她已經改變了。

她二人一路說著閒話到了客廳。事先顧晚晴也知道鎮北王派人來接她們，可進了客廳那一刻還是止不住的欣喜，來人竟是袁授！

袁授端坐於椅上，一身黑色輕甲，肩繫同色大氅，肩扣處綴以暗色寶石，英挺而貴氣。只是他依然沒有絲毫表情，面沉目冷，見她們進來也僅僅是冷眼一瞥，而後便站起身來，輕甩大氅，沒有一句話，人已走了出去。

還是不習慣啊……顧晚晴很勉強才板起臉對他視而不見，她也不知道鎮北王為何要派袁授來接她們，按理說他是世子，而她們僅能算是兩個世家之女，雖然她還有爵位在身，但那也只是一個虛位，不應被重視到這個分上。

這時一旁的顧明珠扯了扯她，示意她跟上袁授的腳步，同時低聲道：「妹妹還在為世子傷心嗎？」

顧晚晴看看她，笑了笑，「有什麼好傷心的？世事無常，就算他當年沒有離開京城，四年後的今天變成什麼樣子也未必可知，我自己也同樣有改變，再一味的追求當年，那樣太傻了。」

顧晚晴說話時一直與顧明珠對視著，她說的並不全是假話，她的確是有所改變，若是以前，她絕對受不了這樣的場面。而現在，她說起假話來臉不紅氣不喘，還可以真誠的與人對視，她也不知道自己這樣的改變究竟是好，還是不好。

聽完她的回答，顧明珠僅是一笑，「妹妹能想得開就好。」

到了府外，那裡停著一輛描金點朱的華麗馬車，袁授已然上馬，在馬上靜靜的盯著她們，眼裡依然是讀不出一絲情緒。

好自然……是因為掩飾得太久了嗎？顧晚晴收回目光，躬身進了車廂之中，心卻悄悄的揪了起來。明知是假，可她見到這樣的阿獸，還是會忍不住心疼。

顧明珠跟著進來坐好，又向顧晚晴解說了一下今日的行程，她們無須進宮，直接前往「萬春園」與鎮北王等人會合即可。

顧晚晴知道萬春園，那是皇室的休閒消遣之處，園內集齊各地之名盛，這次能有機會一飽眼福自然是好事，只不過，希望別出什麼岔子才好。

顧晚晴不知道該怎麼形容自己的心理狀態。自鎮北王入京以來，她的心始終沒有真正的落過地，一直是懸在半空的，做什麼都不踏實，做什麼都忍不住往壞的方面想。

或許因為他們輕車簡行動作較快，他們出了京後不久就追上了鎮北王的大部隊。遠遠望去，鎮北王的儀仗仍是循王爺制，並未逾越，不過顧晚晴覺得離他用上鑾駕那天也不遠了。近來京城就有傳言，說泰安帝貿然棄京有違天命，又說鎮北王救駕之軍連連獲勝，只是聶伯光狡詐，將泰安帝藏匿起來，帝蹤仍然成謎，不排除早已被聶伯光毒害的可能性。

拋去對傳時秋等人的擔心不提，顧晚晴認為，這些應該都是鎮北王的策略。先把泰安帝說死了，將來泰安帝和太子再有個三長兩短可就怪不得他了，到時候他再順應民意，勉強登基為帝。

想到這裡，顧晚晴又不禁想，要是鎮北王做了皇帝，袁授豈不是太子了？世子變太子，那就更無自由可言了。

「妹妹？」

聽到喚聲，顧晚晴抬眼，只見顧明珠掀著車窗的簾子朝外頭張望。

看了半天，她才回過頭來，「前面好像出了事情。」

顧晚晴也覺得車速似乎慢了下來，便挑起車簾朝前面看了看，果然如顧明珠所說，隊伍的前半部分微有混亂，不時的有人在隊伍中來回奔走，沒一會，又見隨在隊伍後頭的幾隊步兵迅速的將隊伍保護起來，而鎮北王的車駕附近則布滿了騎兵，俱是戒備之態。

「難道有刺客？」

顧明珠說著話就想跳下車去，卻被駕車的車夫攔下，「顧小姐，未有王爺與世子的命令，還是在車內等候為好。」

聽這車夫說話口吻深沉，顧晚晴不免多看了兩眼，只見他身形削瘦，唇上兩撇上翹短鬚十分惹眼，那沉靜的目光並不像是普通家奴。顧晚晴正打量著，一個騎兵策馬而至，萬分急迫的與那車夫道：「世子受傷，王爺傳召天醫速速前往！」

此話一出，顧晚晴這才四處察看，果然已不見袁授的蹤影，想來是歸了隊伍便去鎮北王身邊了，可又怎會受傷？難道真有刺客？

隨著馬車的啟動，顧晚晴的憂慮更甚，待馬車停下，她迫不及待的跳下車去，便見鎮北王的車駕前圍滿侍衛，一個內侍正急切張望，見她們前來連忙招手。

顧晚晴與顧明珠一刻也不敢耽擱，立刻登上車去，便見鎮北王滿面怒容的叱罵著正擠在一起為袁授處理傷勢的幾個御醫。

顧晚晴一見那躺在御醫中間動也不動的身影人就慌了，衝過去一把推開擋住她的一個御醫，不期然的對上了一雙漆黑的眼睛。

袁授竟是醒著的！

不過，醒的卻是很難看。他的臉色蒼白如紙，呼吸短淺，雖然睜著眼睛，卻任誰都看得出是勉力而為，他的肩窩處還留著一根被鋸斷的箭頭，御醫們正想辦法將箭頭拔出來，袁授就睜著眼睛，一動不動的任人處置。

他要死了嗎？顧晚晴伸出的手略帶著顫抖，怎麼會發生這種事？他前一刻還好好的護送她們上路，怎會……不對！受了這麼重的傷，按理說他應該昏迷的，他為何不閉上眼睛？為什麼要耗費最後的精神死撐到現在？

「妹妹，快救世子！」

顧明珠焦急的話語就在耳邊，顧晚晴盯著袁授的眼睛，即將觸上他的手卻慢慢停了下來，也在此時，袁授周身猛然一鬆，雙眼隨之閉上。

顧晚晴看著昏迷的他，微不可察的搖了搖頭，眼淚已快落下。

他……不要她救他嗎？他撐了這麼久，就是想告訴她，不要為了他，在人前展示她那「只要摸一摸，傷勢就會好了」的能力，是嗎？

# 第九十六章

# 【我想娶妳】

「妹妹？」

顧明珠的呼喚更為急迫，顧晚晴看向她，再看她急切中帶著惶恐的蒼白臉色，想著她之前有過的種種試探舉動……是她嗎？不，應該不會，她就算想知道異能的真相，也斷然不會這麼大膽謀害袁授，頂多是藉這樁意外再起試探之意。

鎮北王怒喝道：「天醫！妳為何還不動手醫治！」

顧晚晴看也不看他，轉身與一個御醫道：「先除去世子肩上的箭頭吧。」

那御醫微一點頭，另兩個御醫也過來幫忙。他們都在鎮北王身邊跟隨已久，對於刀箭之傷的處理都很拿手，只是袁授畢竟是世子，不能像尋常將士那般對待，剛剛他又一直醒著，這才沒有第一時間除去箭頭。現下他已昏迷，這幾個御醫分工合作，先是把袁授半翻過去，顧晚晴這才看到原來那箭頭已透出肩胛，當下兩人按著袁授，一人由他後背肩胛處將箭頭猛然拔出，袁授固然昏迷，卻也悶哼了一聲，讓顧晚晴揪心不已。

除去箭頭後，顧晚晴當即於他肩頭施針止血，同時運起異能做了最輕微的治療，而後用酒為傷口消毒，又塗上創傷藥，一如治療尋常外傷。

之後，那幾個御醫接手了最後的包紮工作，顧晚晴便去一旁清潔雙手，直到此時她的心情才平復一些，沒那麼激動了。

她想，如果沒有袁授最後的勸阻，她見到他那瀕死的模樣，一定會衝動的將他馬上治好，哪還顧得上什麼曝不曝露的？可如果是那樣，事後鎮北王定然不會放過她。

她知道自己的能力有多逆天，相比之下，整個顧家數百年的醫學精華都不算什麼，如果一早讓泰安帝知道她有這種能力，何必再向絕塵那老道求什麼長生之術？直接把她帶至身邊，雖不能真的萬歲，但長命百歲卻是不難。

出了這個插曲，顧晚晴本以為此次的冰船之旅應該算是完結了，可沒想到，鎮北王在得知袁授已無生命危險後，竟下令繼續前往萬春園。

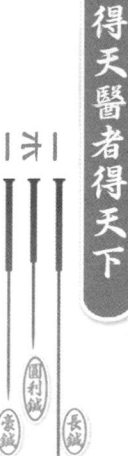

「王爺！」顧晚晴再也忍不住，眉目微染怒意，「世子重傷在身，理應休息靜養，就算王爺不願更改行程，也請將世子送回宮中！」

鎮北王卻是冷冷一笑，「妳對世子還是很關心嘛！」

顧晚晴不可思議的皺了皺眉，怒極反笑，「那是你的兒子，你自己不放在心上還要怪我這個大夫關心他？依王爺所想，是否無論世子如何，我最好都冷眼旁觀不顧他的死活才是正理？」

「妹妹。」顧明珠慌忙扯了她一下，又急急抬頭，「王爺息怒，天醫只是擔心世子的傷勢，並無忤逆王爺之意。」

鎮北王面色極寒，微瞇著雙眼注視顧晚晴半晌，緩緩開口：「鋼直必折，妳可明白這個道理？」

顧晚晴一驚，對著鎮北王的雙眼緩緩向後挪了挪，說這話……是要處決她嗎？

鎮北王見她的舉動卻是嘲弄的一笑，目光轉至顧明珠身上，「妳顧家的老太太與劉側妃有些交情，故而生前欲將妳許給我次子袁攝為妾，後妳尋回世子有功，顧長德以妳正在參選天醫為由推了這門親事。現下天醫已定，我想問妳，可還願意與我鎮北王府再續親事？」

顧明珠愣了愣，像是不明白為什麼話題突然轉到了她的身上，她抿著脣，已經恢復紅潤的臉色又漸現蒼白，半晌沒有答覆。

鎮北王以目輕睨，「嗯？」

顧明珠立時叩下首去，「婚姻大事須由父母做主，明珠……明珠不敢擅自應答。」

鎮北王笑了一下，「妳顧家素來以天醫為重，現在天醫在此，她的意見，想來妳父母不會反對。」

顧明珠聞言身子微微一顫，緩緩轉頭看向顧晚晴，目光極為複雜，也不知是在懇求，還是已然認命。

顧晚晴也很奇怪鎮北王怎麼突然又提起這件事，他就這麼中意顧明珠，這麼想讓她當兒媳婦？拋去此點不談，顧晚晴當真想馬上應了，這樣……顧明珠就再打不了袁授的主意了。

「天醫，妳的意思呢？」

「我……」明明心是那麼想的，明明只要一點頭，顧明珠就會嫁給袁攝為妾，從此不會再出現在她的面前，可為什麼這個頭這麼點難？「顧家雖以天醫為重，但天醫終究代替不了父母，此乃五姐姐的終身大事，還是由她父母同意為好。」

說完這番話，顧晚晴便低頭不語，靜待鎮北王的反應。

可以預見的，鎮北王無非有兩種反應，　是他遭拒絕，惱羞成怒從此再不提此事；二是他心意已決，就算她不同意，他還是會命顧明珠嫁入鎮北王府。顧晚晴覺得，依鎮北王的性子，絕對是第二種反應。

像他那樣做任何事都需要成竹在胸的人，怎會無緣無故的再提婚事並要徵求別人的意見？他根本徵求意見是假，另有目的是真，雖然顧晚晴不知道這個目的是什麼，卻在一瞬間想通，無論是什麼，同意顧明珠婚事的話也絕不能由她口中說出，否則值此顧家用人之際，卻要顧家最好的大夫之一嫁人為妾，難免會傳出天醫不能容人的謠言，這樣的罪名她不想承擔。

除此之外，另一點原因連她自己也想不通，明明她可以毫不心軟的設計白氏母女無名無分的跟了顧宇生，為什麼就不能狠心的同意顧明珠嫁人為妾呢？

顧明珠此時顯然也想通了一些事情，她雖笑容勉強，但仍是叩了個頭，「多謝王爺惦念明珠的婚事，此事，但憑王爺做主，明珠與父母謝過王爺恩典。」

鎮北王卻沒有馬上答覆顧明珠，而是看著顧晚晴，聲音不高，也不知是在與顧晚晴說話，還是在自言自語，「該斷不斷，這樣的性子，果然不適合留在授兒身邊……」

顧晚晴聞言抬頭，盯著鎮北王看了一會，目現嘲諷。由始至終，他從沒允許過她留在袁授身邊，原因如何他自己最為清楚，何必再找諸多理由？

似乎察覺到她目光中的諷刺，鎮北王臉色驟冷，轉向顧明珠沉聲道：「既然如此，本王就替妳做主，待世子迎娶世子妃後，妳便入宮，嫁與世子做個側妃吧。」

世子側妃……他說的再續親事，不是嫁給袁攝，而是嫁給袁授嗎？看著鎮北王把握一切的目光，顧晚晴頓覺心中煩悶，原來這才是他的目的！

果然，鎮北王繼續問道：「既然她已同意，妳這個天醫想來也不會有意見了？」

顧晚晴靜默不語，那邊顧明珠已然叩首謝恩。

顧明珠應該是很驚喜的，畢竟現在是世子側妃，將來就可能是太子側妃、後宮嬪妃，比起嫁給庶出的公子為妾，將來的出路要好得多。尤其，對象還是袁授，是顧明珠始終就在覬覦的人。

看著顧明珠微微上揚的唇角，顧晚晴心中的煩悶揮散不去，只能藉由替袁授施針來暫時避開顧明珠。

等他們到了萬春園的行宮之中時，黃昏近暮，顧明珠由於名分已定，所以一到行宮就被鎮北王送返府中備嫁，顧晚晴則留下繼續為世子治傷。

這大概也是鎮北王有意安排的吧？顧晚晴找藉口遣出那幾個御醫和隨侍，自己坐在袁授榻前，看著他仍然十分蒼白的容顏，思緒亂成一團。

突然，袁授輕動了一下，顧晚晴連忙站起身來想要上前察看，手卻猛的被一隻冰冷的手掌緊緊握住，隨即，袁授睜開了眼睛。

他的眼睛一如既往的清澈，看清了她，他緩緩的泛起一個笑容，雖稍嫌虛弱，但他仍努力笑得燦爛。

顧晚晴心裡更加難過，不過她仍是選擇將他昏迷後發生的事一一說出，最起碼，要由她來告訴他。

聽完她的話，袁授輕聲問了一句：「妳反對了嗎？」

他的聲音中滿是期盼，顧晚晴卻沒法回答。她很想說她反對有什麼用，鎮北王還是會將顧明珠嫁給他的，但她說不出口，就算有再多理由，她還是沒有為他說一句話。

「妳知道我不喜歡顧明珠的。」袁授笑了笑，笑容有點勉強，而後他沉默下去，安靜了好一陣子。

顧晚晴輕咬著下脣，是啊，她讓他認識到顧明珠飽含心機的一面，卻又任由顧明珠去到他的身邊。

「妳會嫁人嗎？」袁授並沒有放開她的手，「我聽說天醫是不能嫁人的。」

「是啊……」

「我想娶妳。」

顧晚晴的話戛然而止，她看著袁授，看到他眼中的鄭重與認真。

「我想娶妳，誰都不要，就娶妳。」

正說到這裡，外室忽然傳進些響動，顧晚晴連忙想將手掙出，可袁授抓得緊緊的，顧晚晴連掙幾次，耳聽著外室的腳步聲漸近，心中一急，抽出針包裡的一根金針向袁授腕間刺去。

袁授吃痛，手腕微微一縮，顧晚晴趁機收回手來，也在同時，外間那人已進到內室，是袁授的隨身內侍喜祿。

喜祿見袁授已醒十分欣喜，連忙派小內侍去給鎮北王報訊，而後才對顧晚晴道：「劉側妃身體不適，王爺傳天醫前往診治。」

第九十七章

# 【非走不可】

劉側妃其實沒什麼病，就是因為行刺這事受了點驚嚇，覺得頭暈目眩沒食欲，本來是歇歇就好的事，可能是鎮北王如今身分不同了，她也得小病大養，以顯示尊貴。

關於行刺一事，顧晚晴也終於聽到了一些風聲，似乎是有人沿途伏擊，刺客瞄的是鎮北王的車駕，不過第一箭被袁授以兵刃擊落，第二箭就射向了袁授，而後刺客消失無蹤，因擔心即刻回程落入刺客的算計之中，於是鎮北王下令火速趕往萬春園，又派人地毯式搜索，可至今尚無結果。

無須過細打聽，只要看鎮北王的臉色就知道他快氣炸了，以他為圓心，直徑五公尺之內沒人願意靠近。顧晚晴卻是沒有過多在意，幫劉側妃看診之時也是萬分平靜，與那些戰戰兢兢的御醫、內侍形成了鮮明的對比，直看得幾個御醫心生敬佩。在鎮北王那張萬年寒冰臉的瞪視下還能淡定如斯，這才是高手啊！難怪顧家醫術名揚天下呢！

其實呢，顧晚晴是在走神。

她一直在想著袁授的那兩句話——我想娶妳。只娶妳。

對於這突如其來的告白，顧晚晴雖覺得錯愕，卻也只是那麼一瞬，而後就沒那麼詫異了。在她想來，袁授就是一個心靈受過傷害的孩子，被他爹壓榨了這麼多年，緬懷過去想重尋溫暖是非常自然的事，而現在他們都長大了，再不能像以前那樣在一起了，所以他就興起要娶她的想法，一點也不奇怪。

顧晚晴壓根不覺得他這種想法中會帶了什麼男女之情，所以也不會受到太大的困擾。只不過，還是會忍不住心疼他，他馬上就要做太子了，卻仍是這麼卑微，就連娶妻、納妾，全都不能由他自己來決定。

許是顧晚晴把脈的時間過長，劉側妃面現不安之色，「天醫？我沒事吧？」

顧晚晴收回手去，「無妨，只是受了點驚嚇，我會給您開一副安神的藥方。」

劉側妃點點頭，又問：「還有別的嗎？」

顧晚晴瞄了眼一旁的鎮北王，笑了笑，「您的心跳有些許的不規律，平時可有心悸的症狀？」

劉側妃想了想，「似乎是有……」

「王爺日夜辛勞，您想來常常思憂，休息不好，所以才會有這樣的症狀。」顧晚晴在開好的藥方下又開了一副寧神藥，「這類症狀通常得要您自行調節，藥物只是輔助，平時您多放寬心，症狀自然會消失了。」跟這些王公貴族接觸久了，顧晚晴自然明白這些貴婦人的心思，不得病，哪能顯示出她們對丈夫的體貼之情呢？

劉側妃微微頷首，讓丫鬟跟著御醫去抓藥，而後瞥著鎮北王笑著感嘆一聲，「哪這麼容易放寬心的？」

鎮北王看她一眼，雖沒出聲，卻也沒有反駁的意思。這讓顧晚晴微感訝異，看來這劉側妃在鎮北王心目中的地位不低，否則怎敢在尚有外人之時就發出如此親密的感慨？由此可見，鎮北王並不是沒有感情的人。

劉側妃笑咪咪的拉起顧晚晴的手，盯著她打量半天，「嘖嘖，這麼俊的小模樣，做什麼天醫？我聽說，天醫是不能嫁人的？」

顧晚晴與劉側妃沒什麼交情，對她突然將話題轉到自己身上感到有些奇怪，尤其問婚姻一事，更讓她心生警惕。

「顧家全因有了天醫才得以傳承這麼多年，我身為顧家的人，自然有責任讓這傳承延續下去，相比起來，不能嫁人也沒有什麼。」說完她又想了想，再給自己加一層保險，「而且我婚齡已過，現下專心研究醫術，早已不再想嫁人之事了。」

顧晚晴最怕的就是劉側妃一時心血來潮給她介紹親事，所以事先將話說死。

劉側妃卻是不贊同的搖了搖頭，「婚齡已過又怕什麼？妳那個堂姐，不也許給世子做側妃了嗎？」

顧晚晴微微欠身，「那是王爺的恩典，也是姐姐的福氣。」

「或許有一天，妳也有這種福氣呢？」劉側妃的笑容多少帶了些別的深意，「只是妳這天醫的位置要先交出去我才好替妳做主，省得有人說咱們王府仗勢欺人，連人家幾百年的祖宗家法都要破壞。」

顧晚晴一時無語，這進展速度也太快了吧？

見顧晚晴不說話，劉側妃拍拍她的手，抬頭與鎮北王笑道：「瞧瞧，我嚇到她了，怪我，看見她就覺得親切。」

鎮北王淡淡的瞟了顧晚晴一眼，不知怎的，那目光讓顧晚晴沒來由的打了個冷顫，連忙與劉側妃道：「其實……我之前訂過婚約，只是尚未履行……」

劉側妃仍是笑著，「妳是說妳與聶清遠的婚約？」

這時一道冷語插了進來，「叛亂臣子，其罪當誅！」

「什麼當不當誅的？」劉側妃朝鎮北王努了努嘴，雖是徐娘半老之容，卻另有一番嬌憨之態，「現在我們還珠嫁給他了嗎？再說，在還珠做天醫之前皇上已然同意他們解除婚約了，只是沒有正式下旨，所謂金口玉言，已是作數了的。」

說完，劉側妃又起身，硬拉著鎮北王起來，「你去看看世子吧，我們女人說話，你不要聽了。」

這態度……顧晚晴暗暗瞪了瞪眼，一會不會血濺五步吧？可……鎮北王竟是吃這一套的！沒發火，沒冷臉，起身後也沒久留，直接走了出去，讓顧晚晴大開眼界。

同時，也讓她心裡更加沒底。

劉側妃的目的何在呢？顧晚晴可不相信她只是閒來無事的扯家常，家常說到這個分上，過於認真了吧？

顧晚晴越想越心虛的時候，劉側妃又坐了回來，仍是拉著她的手，「瞧妳這樣子，真嚇著了？」

顧晚晴沒吱聲，劉側妃笑著嘆了一聲，「其實女人哪有不想嫁人的？不止想嫁，還要嫁得好。今天的話，我是受人所託才這麼說的，如果將來有這個可能，也好就勢推了天醫的差事，那個人……妳心裡可明白是誰？」

顧晚晴心中一動，自然而然的想起袁授，會是他嗎？

劉側妃朝她點了點頭，「不用懷疑，這些年，他一直是很掛念妳的，只是他有難處，對誰都得裝出那副樣子，妳得理解他才好。」

聽她這麼說，顧晚晴心裡稍稍的鬆了口氣，還好……剛剛她甚至有種錯覺，覺得劉側妃是在撮合她和鎮北王……太囧了。

這麼說，袁授說要娶她的話並不是一時衝動說出來的？他早拜託了受寵的劉側妃找機會來說服鎮北王，只是看鎮北王的反應……顧晚晴搖搖頭，哪那麼簡單？如果鎮北王同意，也不會有意把顧明珠嫁給袁授，來試探她的反應了。

不過，雖然沒期待過自己和袁授的未來，可明白他們毫無可能後，顧晚晴仍是有種類似於失望的奇怪錯覺，思來想去，顧晚晴將之歸結為「得不到的總是遺憾，哪怕只是一張衛生紙」情結。

而後兩天，因為世子受傷需要天醫在旁照顧，所以原計畫的乘冰船活動顧晚晴便沒辦法參加，顧晚晴也樂得在行宮內照顧袁授。也許是前兩天劉側妃的行為讓鎮北王很不爽，所以顧晚晴再去給袁授施針時，總有幾個御醫隨行在側，鎮北王的隨身內侍也跟著。在他們面前，袁授只能繼續面癱，與顧晚晴連個眼神的交流都很少。

袁授的體質本就不差，這四年在軍營中更是練出一副好身板。雖有顧晚晴抽絲拔繭般的異能輔助，但那麼重的傷，只在床上歇了短短三天便能起身下床，實在不得不讓人佩服。

袁授能起身後，鎮北王就下令回京，可在臨近出發之時袁授傷口再度迸裂，無法動身。此次行程原計畫就是三天，鎮北王不是一個喜歡更改計畫的人，當下命御醫留守，又命顧晚晴馬上施針止血，止血之後隨大部隊一同回返京城。

這是什麼爹啊！顧晚晴心急如焚，也顧不上罵人了，趕快跟著御醫一同去探袁授。不想才進了袁授的寢室，那幾個御醫便被突然竄出的幾個黑衣人打暈。顧晚晴正當驚恐之時，躺在床上的袁授突然睜開眼來，由一個黑衣人扶著坐起身子。

袁授的傷口迸裂不是假的，稍微動一動，肩頭就染了血，顧晚晴哪還有心情去追究黑衣人的來歷，馬上上前為他止血。

袁授一刻不停的道：「與父王返京途中，妳找機會落後一些，我會派人接應妳……」

顧晚晴一愣，「你……是要帶我私奔？」

看著她瞪圓了眼睛的模樣，袁授笑笑，「我倒是想。」說完他又斂起笑容，「可惜我走不了，只有妳走。」

顧晚晴沒弄明白，「我去哪？」

「得天醫者得天下。」袁授忽的說了這麼一句，「現在不走，妳回到京城，就再也走不了了。」

「什麼得天醫者得天下？」顧晚晴滿頭霧水。

袁授搖搖頭，「京中突然傳起的傳聞，我也是剛剛才知道。」

顧晚晴恍然，盯著他仍滲著血的肩頭，目染薄怒，「所以你有意掙裂自己的傷口？」

「只有我留下，我身邊的人才能派出去接應妳，否則我身邊無故少了人，會引起父王的懷疑。」

他說得認真，顧晚晴卻是又急又氣，一時說不出話來。

袁授仍繼續說道：「我找到葉伯父他們了，還沒來得及對妳說，接應妳的人會送妳去見他們，然後妳們有多遠走多遠，不要再回京城了。」說完他微一抿脣，「也不要去南方，那裡隨時開戰，有危險。」

聽著他不間斷的交代，顧晚晴突然變得很煩躁，「我沒必要非得走啊，就算有這麼個傳聞，但王爺遲早有一天會登基為帝的，我們顧家世代為皇室效力，早一天晚一天有什麼分別？我現在也在為王爺效力啊……幹什麼非走不可？我走了……顧家的人怎麼辦？」

其實她想說的是，你怎麼辦？以鎮北王的才智，未必不會猜到她的消失與袁授有關，到時候，他怎麼辦？

「妳……」袁授心急之下想要坐直身體，牽動到了傷口虛喘一聲，眉尖微蹙，「必須走！如果妳不願意進宮，如果妳不願意做他的妃子，妳就必須走！」

第九十八章

# 【暗夜潛逃】

這都是說什麼呢？

從那句謠言到袁授後來所說的話，顧晚晴只覺得莫名其妙，很矛盾啊！又說得天醫者得天下，又說要她入宮為妃……好吧，現在還不能叫「妃」，充其量是個小妾。但她如果嫁了人，她就不能再做天醫，她不做天醫，又何來「得天醫者得天下」？

她把心中的不解與袁授說了，袁授無言半晌，嘆了口氣，英挺的眉目間盡是無奈，「妳應該明白掌權者想做什麼是無須任何理由的，他想要妳和妳是不是天醫一點關係都沒有，那句謠言，只是更堅定了他的信念而已，他想要這個天下，也想要妳，明白嗎？」

顧晚晴仍是搖頭，「我不明白，我不明白……」她一邊以異能為他止血療傷，一邊機械性的重複這句話，像著了魔一樣。

「夠了！」袁授擋開她的手，「不管妳明不明白，現在就走，如果妳不想我的暗中所為被父王抓個正著，那麼就一切依計畫行事！」

其實顧晚晴並不是真心抗拒袁授的安排，她只是覺得委屈，她什麼都沒做，卻要遭受這樣的事。

顧晚晴低頭走到門口時，袁授略顯虛弱的聲音再次傳來，「顧家的人我會替妳看著的，妳別讓我擔心，好嗎？」

顧晚晴深吸一口氣，沒有回頭，只是站在原地點了點頭，然後出了門去，跟著鎮北王的大隊人馬，回返京城。

為什麼呢？一路上顧晚晴腦子裡只有這一句話。鎮北王看上她？針對她還差不多吧！還有那句謠言「得天醫者得天下」，根本沒有理由！難道控制了顧家的人就能掌握天下了？簡直可笑！除非……除非那句謠言的真實含意是……「得天醫異能者，得天下」。

雖說天醫的能力沒辦法助人打下江山，卻可使人長命百歲健康無憂，有多少英雄豪傑縱橫沙場睥睨天下，沒有敗在千軍萬馬之中，卻死於無形的疾患之下？如果他們可以忽略這些因素，歷史可能與現在大不相同！所以在同樣的對等條件下，擁有天醫在側無疑是一個極大的優勢。只是……會嗎？謠言的含義真的如此嗎？顧晚晴不知道，她只是覺得，當一切可能都不可能的時候，要選擇最有可能的那個答案。

因要配合袁授的行動，在隊伍行至半途之時，顧晚晴假扮暈車讓馬車慢行，本想藉此慢慢落到最後，不想劉側妃的馬車也漸漸慢了下來，車簾掀起，露出劉側妃那白皙雍容的面孔。

劉側妃叫停了兩輛馬車，而後下車，又登上了顧晚晴的車子，關切的道：「怎麼了?可是不舒服?」

顧晚晴嘴上虛應了幾句，心裡十分著急，本想說幾句就打發劉側妃回去，不想劉側妃一點要走的意思都沒有，又對她親熱起來。

「我之前說的事情，妳可考慮好了?」

聽她這麼問，顧晚晴不由得對她多了幾分好感，受人之託忠人之事，此精神被她應用得十分徹底。為了儘快將她哄走，也因為一旦離開後便不會再牽扯到這些事情，所以顧晚晴笑了笑，答道：「我仔細想了想，劉側妃所言極是，一個女人，總得嫁人生子才是正路，只是天醫卸任一事頗有點麻煩，還得尋找繼任天醫，得回京後從長計較。」

聞言，劉側妃笑得極為舒心，「還計較什麼?這本就是只要妳同意就好的事，妳是天醫，妳的話顧家誰敢不聽?依我看，不如早些把事情辦了，天醫人選一事，將來慢慢挑選便是了，反正萬事有王爺做主，誰也不敢說妳的閒話。」

雖然顧晚晴只是敷衍之言，聽到這裡還是有點好奇，「劉側妃對這件事這麼有把握嗎？王爺那邊……」

劉側妃曖昧一笑，「瞧瞧，我就說，王爺那張冷臉把妳嚇壞了，可他那人啊，看著挺冷的，但也是個會疼人的人，否則怎會一惦記妳就是四年？」

顧晚晴眨了眨眼，仔細想著劉側妃的言語神態，突然嚇了一跳，心中彷彿有千萬頭草泥馬呼嘯而過……過完一波又一波！

原來不是袁授！原來劉側妃從一開始說的……就是鎮北王……

草泥馬又來了！

靠！

顧晚晴再看劉側妃，之前的好印象頃刻揮散，現在怎麼看她怎麼像是個拉皮條的！

鎮定！顧晚晴勉強笑了笑，「我……我覺得很奇怪，我與王爺……其實並無過多交流，他怎會……」

「妳真不知道？」劉側妃柔聲一嘆，「其實我先前也不知道，後來有一次替王爺推拿之時，他總說我推得不舒服，我心想怪了，之前還誇我推得好呢！怎麼一下子就變了？後來我打聽了一圈，才知道妳有一次進府，給王爺推拿過。」

顧晚晴皺了皺眉，「就因為這個？」就因為她按得好就要娶她，那鎮北王的後宮裡豈不是要擠滿了各行各業的人才？廚子啦，裁縫啦，木匠啦……

「當然不是。不過，總有這個原因王爺才會注意到妳。」劉側妃笑著拉起顧晚晴的手，「妳知道嗎？在王爺準備南下之時，他安排了替身代替府中家眷，我們才能提前順利出京，那時隨行來的還有一個姑娘，模樣與妳有五、六分相似。王爺囑咐，若有機會，要帶妳一同出京暫避，只是那時妳已是天醫，住在深宅之中極少露面，而且若被顧家人發現，也會引起一些麻煩，這才作罷。」

顧晚晴越聽越是無語，如果這些事是袁授所為，她一百一千個相信，可鎮北王？那個暴躁冷面的老變態？他到底要做什麼？她可不相信他是因為喜歡她才這麼做的。

「還不相信？」劉側妃笑著橫了她一眼，「其他的事，妳自個兒去問王爺，反正妳是應了，我的任務也算完成了。」

看著劉側妃叫停馬車準備下車，顧晚晴心中很惆悵……她該覺得高興嗎？她的行情面已經上漲到大叔等級了。

正當劉側妃意要下車之時，後方異變突起，伴隨著「抓刺客」的呼聲逼近，顧晚晴只覺得馬車一晃，兩個黑衣人不知從哪裡翻了過來，劉側妃的位置靠近出口，被一個黑衣蒙面客以刀相挾，另一個黑衣人踢走了車夫一抖馬韁，馬車當即衝出隊伍！

是袁授的人嗎？

顧晚晴心裡猜想過各種接應方法，這種硬搶的方式雖然有點超出想像，但她也算是有所準備，所以並未怎麼驚慌。她只擔心雖然有人質在手讓弓箭手不敢放箭，但隊伍中有一隊精英騎兵，以馬車的速度，被追上是遲早的事。

不過很快的，她就不再擔心了。馬車駛出兩、三里外，便又見著幾個同樣裝扮的黑衣人備著快馬在那裡接應，顧晚晴被黑衣人轉移到馬上，另一人敲暈了不斷驚叫的劉側妃，就丟在地上，然後他們護著顧晚晴急馳而去。

他們的身手很矯健，比起鎮北王的貼身騎兵也不遑多讓，經過一段時間的較量之後，終將追兵遠遠甩開，直至沒了影蹤。

「你們是世子的部下嗎？」雖然逃出包圍圈這事已經是最好的證明，但顧晚晴還是忍不住要確認一下。

與她同坐馬上、在她身前的黑衣蒙面客微一點頭，「小姐放心，世子已將事情安排妥當。」

顧晚晴一愣，偏了偏身子探頭去看身前這人，聽聲音，竟是個女子，虧她還抱了一路，居然沒有發現。

因為他們都戴著頭套，顧晚晴也看不出什麼，便又摸了摸她的腰，還是硬邦邦的，哪有一點女子的嬌柔？不過再仔細摸摸，又覺得她可能是在衣服裡纏了布條，不僅可以束胸，還能增加腰圍，使她看起來更像個男人。

「我們扮作刺客將小姐劫出，王爺對世子的懷疑便會減至最低。」

「我義父母他們呢？」這是顧晚晴現在最關心的問題。

「他們已先行啟程前往關外，在關外與小姐會合。」

因為尚在急馳之中，顧晚晴得到想要的訊息後便不再發問。只是，她心裡總是沒底，她就這麼走了？就這麼走了？這件事從開始到現在，她一直有不真實的感覺，直到此時她還是恍恍惚惚的。

過了一陣子，天色漸暗，雖說是急著趕路，但人累馬乏是沒辦法的事，他們一行六、七人便找了個林子歇腳。又過不久，林外傳來一陣急促的馬蹄聲，正當顧晚晴緊張之時，林外傳來鳥鳴之聲，帶著顧晚晴的幾個黑衣人馬上驅馬而出，林外又是幾個一樣裝扮的人。除了帶著顧晚晴的那個女子，其他人各自做了交接，仍是七人，繼續前進。

「王爺已加緊封鎖京城周遭，我們要儘快趕路離開這裡才行，只能讓小姐勞累了。」

顧晚晴沒回答，抱著她搖了搖頭，她現在是逃亡，哪還顧得什麼舒不舒服。

一行人轉眼之間又奔出二十多里，顧晚晴也快到極限了，身體已經快被顛散了，胯下雖墊了厚厚的棉墊，大腿裡側仍是被磨得生疼。雖說她隨時可以施展異能為自己除去傷痛，但身體的疲累卻是沒辦法的，只能硬撐。

「小姐可還支持得住？」

顧晚晴不想拖累行程，咬著牙點點頭，正當此時，騎在她身側的兩匹馬上的黑衣人各自發出一聲悶哼，隨即便被馬匹甩了下去，餘下幾個黑衣人齊聲呼喝，「伏身！有暗箭！」

顧晚晴還沒反應過來，已被身前女子抓了過去，那女子以身相護，催馬不停，另幾名黑衣人放緩馬速，取箭還擊。

顧晚晴被那女子壓著，漸漸的覺得那女子越來越沉，馬速也慢了下去。她覺得不太對勁，喊了幾聲卻沒有得到回應，正想抬頭查看，忽覺身上一輕，那女子已然栽下馬去。

顧晚晴想也沒想跟著跳下去，好在馬速已經放緩，她只是在地上打了幾個滾，擦破了面頰和手掌，並無大礙。顧晚晴起身後極力向那女子跑去，可才跑了幾步，便見一排光點由遠處迅速逼近，只是瞬間便已至眼前。

那是一隊穿著大雍禁軍服飾的騎兵，為首一人……竟是袁授的隨身內侍，喜祿。

第九十九章

# 【正面交鋒】

「天醫大人沒有受驚吧？」

聽著喜祿的陰柔細語，顧晚晴有種想宰人的衝動。

他是袁授的內侍，此時又帶人來追她，那麼他的身分已呼之欲出了，擺明就是個無間道啊！鎮北王你是有多沒安全感？連親生兒子身邊都要安插個眼線？

沒有理會喜祿，顧晚晴的目光瞟向早先摔到地上的黑衣女子，她躺在十來步開外的地方，一動不動，也不知是昏了還是死了。雖然顧晚晴很想救她，但眼下的情況是不能提的，只盼著她僅是昏了過去，這樣，或許還能有救。

可喜祿卻早已留意到了那個女子，朝身邊示意一下，當即有個騎兵縱馬過去，手中長槍猛然刺向了那個女子。

顧晚晴不由得低呼一聲，一個人就算是暈厥，也並不是真正的一無所知，還是有可能被疼痛激醒。

不過，那騎兵的長槍刺入了她的大腿後，她卻一點反應都沒有。

「已經死了。」

那騎兵回來覆命，喜祿一擺手，「先帶天醫大人回去，刺客的屍體我會帶回呈給王爺。」

看他指揮若定、安然的神態，並不似普通內侍，那一隊騎兵也聽他的，當即領命，出來一人將顧晚晴拎上馬，拍馬急馳。

顧晚晴被橫置在馬背上，馬背頂著胃，顛得她差點沒吐出來，幾次抗議後，那人才將她置於身後，又反覆叮囑，「千萬不要鬆手！」

這麼謹慎的態度讓顧晚晴猜想，他們大概是明白那些黑衣人並不是什麼所謂的「刺客」，她也並不是被人綁架，而是自願跟著走的。他們才會對她的安全有所顧慮，怕她一時想不開，跳馬自殺什麼的。

顧晚晴懶得理他們，死那麼容易嗎？那也是需要勇氣的好不好？難道在他們的心目中，她居然是一個寧死不屈的剛烈女子？

回程的速度和跑出來的速度差不多，差別就是沒有軟墊也沒有安慰之言。到了京城的時候已是深夜，帶著她的騎兵將領以一道金牌叫開了城門，再往皇宮的方向，一刻未停。

等顧晚晴到了皇宮之外想要下馬時，雙腿已經不會動彈了，她又怕貿然醫治讓人瞧出異端，只能咬牙死忍著。鎮北王顯然早已預料到這樣的情形，安排了一頂軟轎在宮門處接應，隨軟轎同來的是鎮北王的隨身內侍秦福，可見鎮北王對顧晚晴的重視程度。

「王爺說天醫大人今日受了驚嚇，需要休息，就不召見了，安排了永安宮給大人安歇。」

顧晚晴靜靜的躺在軟轎裡一點想法都沒有。

軟轎一路抬到了永安宮，顧晚晴下轎之時，來迎接的竟是青桐與冬杏！

「小姐的腿怎麼了？」冬杏見了顧晚晴的模樣忍不住低呼一聲。

青桐在旁道：「先扶小姐進去吧，別耽誤幾位公公的休息。」

秦福笑咪咪的，「天醫大人先歇息吧，有什麼需要就吩咐宮裡的奴才，他們會照辦的。」

顧晚晴點點頭，任由青桐她們扶著自己進去了。

永安宮的寢殿內早已備好了暖爐熱水，顧晚晴進到室內雙腳猛然一軟，青桐和冬杏扶不住她，幾個人一起倒在地上。

藉著殿內的燈光，冬杏驚叫了一聲，「小姐，好多血……」

顧晚晴低頭看看，兩條大腿內側的褲子已被血浸透了，腿也麻麻的，正在逐漸失去知覺。

「拿針去消毒。」顧晚晴從懷中摸出針包遞給冬杏。

冬杏的手有點抖，青桐便接過針包，對冬杏道：「先幫小姐脫衣，再移燈過來，還有暖爐和熱水。」

冬杏連忙幫顧晚晴褪去褲子。顧晚晴倒抽了幾口冷氣，再看自己腿側，實在是慘不忍睹，不過她仍是沒有動用異能，如果沒有想錯，這兩天就會有人來瞧她這傷了。

所以顧晚晴等青桐拿了針回來，只做了簡單的止血止痛處理，便小心的上床休息了。

第二天一早，青桐就去了御醫院想求點傷藥，不料御醫院給了答覆說非常時期，宮內但凡用藥都需王爺下令，青桐無奈，只能空手而回。

對這一結果，顧晚晴一點也不奇怪，鎮北王既然能猜到她受了傷還派來轎子接她，怎可能忘了安排御醫與傷藥？明擺著他是故意的，顧晚晴想，或許是在變相懲罰她。

不過，就算無藥可用，顧晚晴也不著急。鎮北王總不會想娶個瘸子，再說，她也有最後自保的方法，只是一點疼，她還忍得了。

午時之前，秦福又來了，跟在他身後的是捧著食盒的宮女。顧晚晴本以為是給她送飯的，可那些宮女來完一撥又一撥，最後那張由兩張條案現拼的桌子上擺了整整四十八道菜，於是顧晚晴知道，有人要來陪她吃飯了。

果然，沒過多久，穿著藏青色朝服的鎮北王便出現在殿內，他也不看顧晚晴，逕自坐到桌前吃飯，一會指這個一會指那個，秦福和兩個小內侍就來回的忙活。顧晚晴本打算淡然一點，無奈肚子不爭氣，從鎮北王坐下開始一直叫到他吃完，鬱悶得她捂著肚子臉朝內側躺下，眼不見心不煩。

又過一會，聽身後傳來冷冷的一聲，「好些了嗎？」

話是關懷的話，語氣卻夾著淡淡的嘲弄，顧晚晴閉上眼睛假裝睡覺，又聽一聲冷笑，「拿藥來，本王親自給天醫上藥！」

顧晚晴「騰」的坐了起來，腿上頓如刀刮一般，疼得她五官都移了位。

鎮北王雙手環胸立於床前，居高臨下的睨著她，「昨日帶妳走的是什麼人？」

顧晚晴縮在被子裡的手暗暗握了下拳，穩住聲音開口道：「不是刺客嗎？」

「刺客也分很多種。」鎮北王聲線漸沉，「是哪來的刺客？聶伯光派來的刺客？還是從京中出來的刺客？」

鎮北王的眼睛陰沉銳利，似乎能射透人的內心，顧晚晴不願移開目光顯示自己的心虛，使勁按了下自己的腿，差點沒疼出眼淚來。

「為什麼問我？那些刺客應該抓到了吧？」顧晚晴眼淚汪汪的看著他，又放軟了聲音，「王爺，找御醫來給我看看吧，我不想以後都不能走路。」

「自作孽，不可活。」鎮北王驀然逼近，「說出妳知道的，我給妳藥，否則……我想我也養得起一個殘廢！」

顧晚晴與他對視半晌，被子下的手又狠捏了一下傷處，眼淚頓時湧出，她帶著哭腔急道：「不要！王爺，你給我藥，給我藥好不好……」

鎮北王慢慢直起身子，雙唇輕動，「說！」

顧晚晴緊咬著下唇，猶豫了好一會，終於下定決心似的開口道：「是……是世子！是他要送我走！」說罷她扯住鎮北王的衣襬，「我說了，王爺，給我藥……」

鎮北王面目陰沉的盯著她，「真的？」

顧晚晴連忙點頭，「真的，包括他中的那一箭，都是他的安排，他說這樣才能取得你的信任，也有時間來安排我走。那些……那些黑衣人就是他派出來的……哦！他還說，他以後會去與我會合的，我們一起私奔，我們……」

顧晚晴說到這，一串長笑打斷了她的話，鎮北王目含蔑視：「與妳私奔？一個出賣他的女人？」

顧晚晴低下頭，「王爺，你說過會給我藥的……」

「我說的是，妳說出實情，我給妳藥，妳滿口胡言，我為何還要給妳？」

顧晚晴微有愕然的抬起頭，鎮北王冷聲說道：「所有刺客已全部伏誅，其中一人妳定然熟悉，是皇上曾遺落民間的皇子——悅郡王。」

顧晚晴愣了半晌，想明白他的話，緩緩的搖了搖頭，「你騙我。」

「我騙妳什麼？」鎮北王面含譏諷，「妳以為他沒死？以為他逃了？」

看著鎮北王那成竹在胸的自信神情，顧晚晴的眼淚「唰」的流了下來，她猛然撲向鎮北王，「你騙我是不是？是不是？」

鎮北王反手一推，輕鬆的將顧晚晴推回到床上，顧晚晴的腿痛得幾乎麻木，可比之更痛的，是心！

怎麼會是傅時秋？明明是袁授派人送她的，她有意供出袁授，也是因為喜祿的出現，喜祿一直跟在袁授身邊，無緣無故的，怎會出現在追捕她的現場？

定然是袁授交代她的時候被喜祿察覺了！喜祿是奸細，他知道的事鎮北王一定也知道，所以莫不如先把矛頭指向袁授，再誇大其辭胡說一通。以鎮北王的性格，只要有丁點紕漏他定然就會懷疑，只要有懷疑，那麼對袁授而言便又多一分安全。

顧晚晴承認，她有意把刺客一事往聶伯光那一幫人的頭上引，因為他們有理由派刺客，也有理由用計離間鎮北王與袁授的關係。那麼黑衣人曾在袁授寢室出現一事也有了可以解釋的理由，必要的時候，顧晚晴甚至想說刺客是她的未婚夫聶清遠派來的，一為離間，二為接她出京。

這些事她還沒說呢，她還沒來得及說呢！怎麼就有了答案呢？傅時秋……傅時秋……顧晚晴極力忍著，才能撐住自己，不讓身體發顫。

第一百章

# 【最終對策】

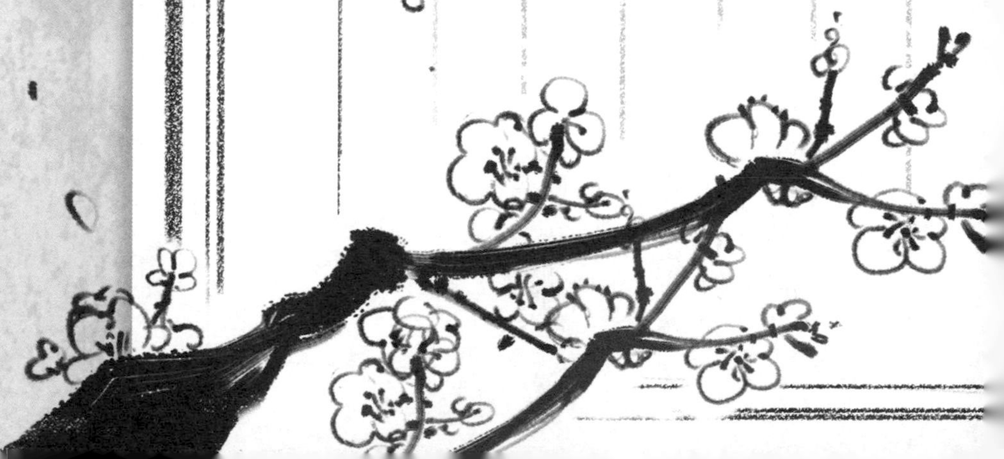

看顧晚晴流淚不止的模樣，鎮北王掀了掀脣角，「我想知道，他是去而復返？還是一直潛伏於京城？」

顧晚晴已無法做任何反應，只是哭。

鎮北王沒了耐性，「顧還珠，妳應該明白妳現在仍能在這裡和我說話的原因，我沒將妳當作刺客同謀處置，已是對妳不錯了。」

顧晚晴閉了閉眼，「我想見見他。」

「妳給我答案，我考慮一下。」

顧晚晴抹了抹臉上的淚水，搖搖頭，「我真不知道，我是回京前夕才和他們見的面，此前的事我一無所知。」

鎮北王久久不語。顧晚晴再提想見傅時秋一面時，他輕哼，「好好養傷，老老實實的準備做本王的側妃吧！」

側妃？顧晚晴忍不住抬頭看著他，問出了疑惑已久的問題：「王爺，我究竟何處入了您的法眼？」

鎮北王盯著她的眼睛看了半晌，忽然轉身而去，快出房間時輕吐出一句：「本王想要的東西，從沒有得不到的。」

顧晚晴默然，什麼對她感興趣，什麼「得大醫者得天下」，都不是原因，真正的原因或許從她第一次見到鎮北王時就種下了。記得那時他問過，得知她有婚約在身後，便不許她再登門一步，原來並非為了避嫌，只是因為，那時的他不願與聶伯光為敵，所以放過她，但在他的心裡，她也許已經成為他的一個遺憾，一旦有機會，自然不會放過。

鎮北王走了，顧晚晴毫無精神的躺回去，腦子裡想的都是傅時秋的事，怎麼想，她都認為傅時秋沒理由出現在這，除非傅時秋與袁授合謀……可如果傅時秋想帶她走，何必等到現在？如果那真是傅時秋，為何他不與自己相認，又讓她乘坐那黑衣女子的座駕、讓別人來保護她？這絕不是他會做得出的事！

那一定不是傅時秋！

顧晚晴幾欲偏執的想著，眼淚再也流不出來，她只想儘快與袁授見面，可前提是，她這該死的傷要怎麼樣才能好？

宮中處處都是眼線，在沒有藥的情況下，她不敢讓自己的傷勢好得太快，她原是想讓冬杏藉著去御膳房的機會四處看看，可冬杏回來說無論去哪都有內侍跟著，根本沒辦法單獨行動。

這實在很讓人挫敗，不過到了下午，顧明珠入宮來看她。

顧明珠帶來了顧家秘製的傷藥，顧晚晴拿了藥示意青桐為自己塗上，顧明珠就出去，在帳簾外說話。

「還沒恭喜妹妹。」顧明珠的聲音一如既往，柔柔甜甜的，「妹妹將來做了王爺的側妃，前途光明無限。」

她的話很有點意味深長，一個王爺側妃想要前途無限，自然要結合鎮北王未來的身分去想。

顧晚晴不屑的勾了勾脣，「也得恭喜姐姐，我們姐妹二人嫁給父子二人，傳出去可真是一段佳話。」

很長一段時間，顧明珠都沒有說話，等顧晚晴上藥完畢，她從簾外進來，露齒輕笑，「我爹和長老們知道這件事情都很高興，有我們在，我顧家聲勢，一定會在最短時間內達到頂峰。」竟是絲毫不理會顧晚晴言語中的嘲弄。

「他們高興？」顧晚晴可不相信，「那他們有沒有商量好，將來的天醫由誰接任？」

「沒有誰，還是妳。」

顧晚晴本就沒耐心和她聊天，此時更是氣不打一處來，「還是我？天醫不能出嫁，難道要袁北望入贅給我嗎！」

顧明珠語笑盈盈，「妹妹何必這麼糾結？所謂族規只是一族之規，為家族興盛暫且規避也沒什麼，若妹妹以天醫的身分嫁入袁家，待日後再卸去天醫之職，不僅更可彰顯我顧家地位，也能令王爺顏面生輝，乃兩全齊美之事。」

聽著這些話，顧晚晴一時無奈，她早知道顧明珠會來做說客，但沒想到她根本不提什麼欣賞愛慕，處處以顧家說事，讓顧晚晴從無反駁，「當初妳沒做上天醫當真是顧家的一大損失。」

顧明珠笑笑，「若當初妹妹不做天醫，我恐怕會想辦法向聶相靠攏，現在看來，還是妹妹有先見之明。」

越說，顧明珠越不加掩飾，似乎大局已定，她敞開心扉亦無不可了。

顧晚晴心裡惦記著傅時秋的事，有心想打聽，又信不過顧明珠，可轉念一想，以她和顧明珠的表面關係，不問一問，倒顯得奇怪了。當下低頭問道：「我聽說……這次的刺客裡有一個人是傅時秋，是真的嗎？」

顧明珠坐到床側，安慰似的拍了拍她的手，「這件事我也是聽說來的，做不得準，不過我倒想問問妳，妳和傅時秋到底有何過往？對他……可有男女之情？」

顧晚晴立時警覺起來，盯著顧明珠看了半天。

顧明珠笑了笑，「別怪姐姐多嘴，我只是覺得，妳即將嫁給王爺，如果一切順利自然是好，如果……如果妳之前有過什麼過往，我們也好提早做準備，不要到了新婚之時，惹惱了王爺。」

顧晚晴無語，她的意思是，問她是不是還保有處子之身吧？

是因為以前與傅時秋相從甚密才讓顧明珠有此一問嗎？她到底是真心想幫自己，還是想找機會抓著自己的把柄？

更可笑的是，她將這一切都推到家族榮譽之上，好像她做的一切都是為了顧家。

打發走顧明珠後不久，顧晚晴就接到了通知，說七日後是王爺的壽辰，讓她儘快好轉，以便在當日可以出席壽筵。鎮北王會在壽筵上正式納她為側妃，並向百官廣而告之。

果然是控制狂，什麼叫「儘快好轉」？好不好轉是她能控制得了的嗎？今日顧明珠來探望時有意看了她的傷處，顧晚晴便決定讓自己的傷勢自然痊癒了。

隨後幾天，顧晚晴差點要急瘋了，這幾天她只要一閉上眼就會夢見傅時秋一身黑衣倒地吐血不止的畫面。雖然她堅定信念相信傅時秋絕對沒死，但因為處處有人監視，她無法派人去探聽消息，未知就顯得格外的難以忍受。

七日時間轉瞬即過，雖然顧晚晴的腿還沒太好，但她決定要出席壽筵，只有這樣才能不被軟禁在這，所以她用異能讓自己的腿傷再好轉一點，可以自由行動，這才讓青桐與冬杏為自己裝扮。

早在兩天前鎮北王就派人送來了全套的服飾，全是按側妃的制式準備的。顧晚晴覺得鎮北王雖然動機不純，但側妃之位只有兩個且早有人選，現在為了她居然又增設了一個，對她不可謂不重視。當然，也不乏有另一層意思隱含其中，自此先例一開，往後不用再依什麼祖宗法典，王爺說的，就是規矩。

看著青桐手中的衣服，顧晚晴想了想，還是起身穿上，她是要出去打探消息的，不要惹惱鎮北王為好。

至於後面的事，顧晚晴無暇細想，真的嫁給鎮北王是絕不可能的，所以今天晚上能溜就溜，溜不了，她身為天醫，也有些用來自保的應急藥物，總之，不會輕易如了鎮北王的願。

今晚的壽筵在如意閣舉辦，那裡有現成的戲臺，聽說請的是京城名班來唱戲祝壽，朝中未隨聶伯光南下的五品以上官員們盡數偕眷到場，場面很是宏大。

顧晚晴坐在燻暖的軟轎中，也不去看外頭，一心想著自己該從哪個方向著手打聽傅時秋的事，最好是有機會與袁授見個面，如果不行，就挨到劉側妃身邊去，她比較受寵，一眾官員的家眷們定會圍著她表現，說不定其中就有知情的。

有了主意後顧晚晴沉穩了許多，又覺得轎子抬了這麼久，怎麼還不落地？隔著簾子叫了幾聲冬杏，卻沒反應，轎子的速度反而即刻加快起來。顧晚晴急忙掀起轎簾，再看那兩個抬轎內侍，已不是原先的那兩個了。

「你們是誰？帶我去哪？」

顧晚晴語氣雖然急迫，卻未見多少驚慌，她現在的情況已是最壞了，她還盼著出點意外呢，要不然她難道真要去給鎮北王當側妃嗎？

那兩個小內侍不說話，抬著顧晚晴走得飛快，三下兩下的，進入一個比較破敗的宮殿。

轎子停下後，顧晚晴從轎中出來，那兩個小內侍抬著軟轎很快的消失在她的視線之中，再看門口的匾額上寫著「毓慶宮」。她以前聽說過這裡，泰安帝還在京時，這裡都是當作冷宮使用。

難道鎮北王改變了主意，直接把她打入冷宮了？

顧晚晴莫名其妙的踏入殿中，又見與正殿相連的偏殿中隱有燈光透出，顧晚晴正要出聲之時，一個人影從偏殿閃了出來。

「袁授？」顧晚晴看清了那人幾步奔上前去，來不及想他在這的理由，急問道：「傅時秋……傅時秋……」她想問傅時秋是不是死了，就這麼簡單的幾個字，她卻說得零零亂亂。

「別慌。」袁授一邊看著外面的情況，一邊伸手將她帶入偏殿，「他沒死。」

他沒死。

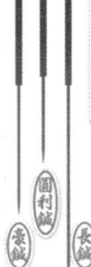

這三個字，幾乎瞬間抽乾了顧晚晴的全身力氣，她雙腿一軟癱了下去，又被袁授撈了起來。

「先脫衣服上床，我再與妳解釋。」袁授說著話放開了她，抬手便解了自己的大氅，接著是棉袍與內衣……扔了一地。

顧晚晴還沒反應過來他就成了半個裸男，再往偏殿內側看，那裡燈光氤氳幔帳如雲，氣氛已相當到位。

# 第一百零一章

【戲傲全套】

此情此景、此番架式，顧晚晴一時間有點不知所措，這……是要做場戲吧？但面對那麼精明的鎮北王，這場戲能否成功還是一個未知之數，還是乾脆弄假成真？

袁授此時已脫得只剩底褲了，顧晚晴微微撇過臉去，遲疑的抬手解開了自己的一顆鈕子。

「床上說話。」袁授好像一點也沒有難為情的意思，過來拉著顧晚晴穿過幾層幔帳上了床。

顧晚晴悄悄瞥了一眼，看他底褲還好好的穿著，不由得偷著吐出口氣，手上的動作也俐落起來，除去外袍夾襖，還想繼續脫下去的時候打了個噴嚏，袁授便扯過被子給她圍上，「慢慢來，應該不會這麼快。」

「到底要怎麼樣？」顧晚晴吸了吸鼻子，「你爹不是那麼好糊弄的，別到時候惹怒了他……」

袁授一直在聽外頭的動靜，聽她這麼說轉過頭來，眉頭擰得死緊，老大不樂意的問：「顧不了那麼多了，難道妳真想嫁給他嗎？」

「當然不是。」

「那就行了。」袁授又轉過頭去，好像與剛剛沒什麼兩樣，但顧晚晴看得出，他有點不高興了。

顧晚晴把下巴擱在膝蓋上，「我是怕連累了你啊……」

袁授的臉色這才好了點，回身說道：「這幾天我一直在想辦法把妳弄出宮去，可到處都是眼線，尤其是妳住處附近，根本無法接近，只能趁著今天妳出來的機會把妳帶到這，如果今晚一切順利，妳就有可能嫁給我，那麼妳的自由度會大上很多，如果……」

說到這，他頓了頓，再開口時聲音低了不少，「如果妳想離開，等過一段時間就報個暴病身亡，到時，我送妳離開。」

說完，他淺淺的呼出口氣，轉身下了床。過了一會，就聽外頭隱隱傳來說話的聲音，又過片刻，幔帳掀開，探進來的卻是一個四十來歲的宮裝嬤嬤。

「她是我的乳母宋嬤嬤。」袁授的聲音自幔帳外傳來，「妳一切聽她安排，不用擔心。」

顧晚晴看著宋嬤嬤笑了笑。宋嬤嬤坐到床上，又把手裡拿著的幾個小瓶放在床上，貼身過來，與顧晚晴低聲耳語。

顧晚晴的臉上紅了又紅，最終點點頭，伸手除去自己最後的衣物。

宋嬤嬤先是拔開一個瓶子的瓶塞，將裡面的東西倒出一些在床褥上，紅紅黏黏的，看起來像是

血。接著，她又將被子掀開，將瓶子裡的東西塗到顧晚晴的大腿內側，而後又打開另一個瓶子，依著之前的程序再來一次，只是這次瓶子裡的東西稀稀白白的，不知是什麼東西。

顧晚晴的臉已經紅得快燒起來了，僵硬著身體任由宋嬤嬤擺布，這個……需要精細到這一步嗎……她倒是猜得出這東西是代替什麼用的，可……可它不會真的是那個什麼吧……

顧晚晴很有心裡壓力啊，「嬤嬤，這……這是什麼做的……」

宋嬤嬤了然的笑笑，「放心，是羊乳和蛋清，不會有什麼岔子的。」說著，她雙手用力，在顧晚晴的手腕手臂上捏了幾個手印子，最後突然俯下身來，在顧晚晴頸側狠啾了一口。

顧晚晴驚呼一聲，沒說有這程序啊！她雞皮疙瘩都快起來了

好在宋嬤嬤一啾即止，沒意圖繼續製造什麼「證據」，否則顧晚晴覺得，與其讓一個老嬤嬤啾得滿身是吻痕，還不如真的和袁授發生點什麼，是吧？

做完了一切，宋嬤嬤又在床上狠折騰了一通，把床上的被褥攪得亂七八糟的，這才微喘著氣走了。

顧晚晴聽到宋嬤嬤似乎又與袁授交代了一些什麼，袁授也低聲相應。

難道還有其他程序？顧晚晴在被子裡蜷住身體，雙腿間的「證據」越發的有存在感，讓她緊張得厲害。

沒過一會幔帳掀開，袁授低著頭進來，不發一言的鑽進被子裡躺在顧晚晴身側，一陣窸窸窣窣過後，一件衣物被從被子裡丟出來落到床下。

那是袁授身上最後一件蔽體之物，現在丟了出去，他和顧晚晴就全然裸裎相對了。

顧晚晴動也不敢動，就怕一不小心碰到他，他也不動，身子躺得溜直。兩人在昏暗的空間內沉默良久，他開口道：「那個誰……傅時秋那事……」

顧晚晴自聽說傅時秋沒死就放了心，現在她緊張得都快忘了這事了，「對啊，那件事到底是怎麼樣的？」

「那人是我的一個心腹，他與傅時秋本就有幾分相像，此次行動我讓他稍做易容，讓他看起來更像。」

顧晚晴怔了下，「你是有意想讓你爹以為那是傅時秋？」

袁授微一點頭，「如果你們能順利逃脫自然是好，如果出了意外，他們便會承認是皇上派來的刺客，這樣可洗脫我的嫌疑，只是沒想到……」

他沒有繼續說下去，顧晚晴也隨之默然。

只是沒想到，他們根本沒有開口的機會，就全都丟了性命。

解釋完這件事後，他二人又同時沉默下去，顧晚晴絞盡腦汁的想話題，但腦子裡空空如也，好不容易才讓她想到一件事。

「你的傷還沒好嗎？」剛剛她看到他的肩頭還是包紮著。

「快了吧……已經不那麼疼了……」

「我給你看看吧。」說著顧晚晴探手過去，指尖觸上他結實的胸膛。

袁授整個人就像觸了電似的猛然坐起，略嫌驚恐的看著她，「不用了！」

顧晚晴的眼睛卻慢慢睜得溜圓，他身上的被子因坐起而滑落，露出的身體上，一隻暗色麒麟正漸漸顯現，由手臂延至肩頭。

這個紋身是鎮北王一脈獨有的紋飾，平日裡不會顯現，顯現條件是激動……或者亢奮。

顧晚晴突然不知道該說什麼好了，緩緩的將被子拉到口鼻之上，露出一雙眼睛小心的看著他。

袁授似乎對自己的行為感到有些挫敗，一聲不吭的又躺回來，躺下的過程中，顧晚晴又不小心瞄到他後背上已完全現出的大片紋案，從那顏色和顯現的速度來看，估計一時半會是消不下去了。

看他努力裝著嚴肅面無表情的糗樣兒，顧晚晴一忍再忍，終是「噗」的一聲笑出來。

袁授的偽裝迅速消解，苦著臉，手掌覆在自己眼上，一副丟臉到家的樣子。

「嗯，這樣挺好……」顧晚晴安慰他，「真實。」

袁授不吭聲，完全占了下風啊！

顧晚晴的腦子這時候又好用了，想到宋嬤嬤臨走前對他的交代，好奇的道：「宋嬤嬤剛剛和你說什麼了？」

袁授沉默了一會，乾脆轉過身去背對著她。顧晚晴撐起身探頭過去看了看，又笑慘了，他臉紅了。

「就是這個。」袁授大概是受不了顧晚晴再笑下去了，回身指著她頸側的紅痕，「這個……我沒有。」

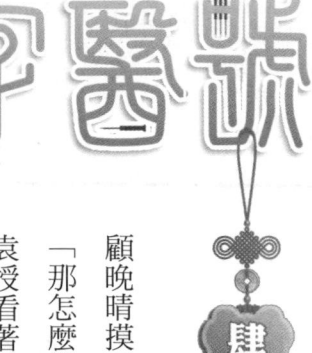

顧晚晴摸了摸自己的脖子，也對，宋嬤嬤肯定不會在他身上也啾出幾個印子的。那麼……

「那怎麼辦？」

袁授看著她，不甘心的抬手在自己脖子和胸前狠掐了幾下，「就這麼辦！」

顧晚晴又想笑了，剛剛她還不純潔了一下，想著是不是要她代勞。

正想開口的時候，袁授的身子僵了一下，而後向她做了個噤聲的手勢，跟著拿起宋嬤嬤留下的最後一個瓶子，拔開瓶塞，一股膩膩的甜香立時飄了出來。

「把這個喝了。」說完他又立刻補了一句，「一點點就行。」

顧晚晴沒有遲疑，馬上接過瓶子喝了一小口。

袁授低聲道：「整件事情妳不必知道得太詳細，這樣才對妳有利，事後問起，妳只說妳在轎子裡聞到很香的味道，然後睡著了，什麼都不知道。」

顧晚晴點了點頭，又看著他拿回瓶子同樣喝了，才問：「這是什麼？」

袁授將瓶中剩餘的液體灑到床上，簡短的吐出兩個字，「春藥。」

顧晚晴還沒想明白是怎麼回事，就覺得有些發暈，過了一陣子，身體也緩緩的熱了起來，一股奇異的騷動自身體的最深處湧動著，她知道這是藥物的作用，甩了甩頭，她想讓自己清醒一些，人卻猛然被袁授緊緊抱住。

雖然隔著被子，顧晚晴還是能感覺到他身上的熱度，他身體的挺拔結實，好像一瞬間被放大了無數倍，顧晚晴只覺得口乾舌燥，又有種衝動，不如……就這麼假戲成真了吧……

袁授同樣十分難捱，他的呼吸漸漸粗重，趴在顧晚晴耳邊小聲說：「抱著我，叫出聲來……」

顧晚晴反擁住他，接觸到他滾燙的肌膚那一剎那，幾乎不必假裝，輕輕的喘息已逸出鼻端。

之後的事，顧晚晴記得支離破碎。她覺得很冷，應該是被子讓人掀開了；她又覺得很熱，身側軀體的溫度幾乎將她燒熔；她聽到許多驚呼的聲音，也聽到怒斥的聲音，好像還見到了鎮北王的臉……

整個過程，她是醒著的，又像是沒醒，身體一直軟綿綿的，一點力氣也使不出來，內心的騷動又湧動得厲害，整個人暈暈乎乎，直到一盆冷水澆下來，她驚叫一聲，終於看清了眼前……

## 第一百零二章

# 【勢比人強】

顧晚晴緩了半晌，看著眼前的幾人，仍舊雍容的劉側妃，小心謹慎的李側妃，還有一個身著素色織緞夾襖，腕戴檀木佛珠的中年美婦，看起來低調溫和，又有些眼熟。顧晚晴想了想，又見她身居正位，想來應是深居簡出的鎮北王妃哈氏。

再看四周，除了一些丫鬟婆子，再無旁人，顧晚晴又留意到宋嬤嬤就站在王妃身側，面容平靜的看著她，似乎在看一個陌生人。

對，她和宋嬤嬤是不應該認識的。顧晚晴立時低下頭去，見身上穿著她原來的衣服，釦子是胡亂扣上的，顯然穿的時候十分匆忙。緩緩的，她抬起漉濕的袖口擦了擦臉上的水漬，動了動唇，「我……怎麼了？」

很長時間的寂靜。

顧晚晴抬頭看向王妃，見她微垂著雙目，精神好像全不在此，便又看向劉側妃。

劉側妃嘆了一聲，回首與王妃哈氏道：「姐姐，妳問問吧？」

哈氏眉眼不抬，「還是妳問吧，府裡的事，我早已不管了。」

劉側妃這才坐正了身子，指著顧晚晴朝兩邊道：「快給妳家小姐換身衣裳，別著了涼，有話一會再說。」

顧晚晴朝兩邊看看，見到了青桐與冬杏，她們的雙眼都紅紅的，過來扶了她進內室去換了一身乾淨衣裳。顧晚晴趁機小聲問道：「妳們發生了什麼事？」

冬杏似乎是有些嚇著了，抿著唇看向青桐。

青桐用手巾給顧晚晴擦著頭髮，輕聲說：「我也不知道，跟著小姐出來後不久我就昏倒了，醒來就聽說出了事，冬杏也讓人審問了半天。」

顧晚晴點點頭，看來袁授是打定主意將知情人的範圍縮到最小了，就連她對整個計畫都知之甚少，但這正是袁授的刻意安排，知道的越少，才越不容易說錯話。

換過了衣服，顧晚晴帶著青桐冬杏返回外室，便見外室多了個人，卻是顧明珠。

顧明珠見她出來快步奔來，話未出口淚已落下，「妹妹，到底是怎麼回事？」

「什麼……怎麼回事？」顧晚晴盡量讓自己看起來迷茫不已，「究竟發生了什麼事？我只記得我去參加王爺的壽筵，在轎子裡……」她皺著眉頭停了半天，「我好像是睡著了，然後就在這裡了。」

劉側妃緊盯著她，「中間沒有任何記憶？」

顧晚晴搖搖頭，又像突然想起來似的，「好像在轎子裡的時候聞到一種很香的香氣，然後我就覺得很睏……」

「後來呢？」劉側妃的身體微微前傾，神情間稍顯急迫。

顧晚晴又搖了搖頭，「然後就在這了。」

顧明珠打量著她，「妹妹可覺得有什麼不適？」

「倒是……有點。」顧晚晴扶了下額角，「還是有點暈，還有就是……」她看看四周，忽的低下頭去，挨到顧明珠身邊小聲說：「身體很痠，總覺得哪裡怪怪的。」

「不如……」顧明珠看向劉側妃，「不如讓我幫妹妹看看？」

聽她這麼說，顧晚晴心中一緊，雖說準備工作都很到位，但假的就是假的，如果真要檢查，恐怕瞞不了多久。

劉側妃卻十分心煩的擺了擺手，「還看什麼？七王妃看得還不夠仔細嗎？」

顧明珠便不再說話，欠了欠身，退至一旁。

顧晚晴因為不知後續情況，再問起話來的好奇神情自然不似作偽，「到底出了什麼事？七王妃又看到了什麼？」

按輩分，七王妃是泰安帝與鎮北王的嬸嬸，同時也是泰安帝的姨母，太后的親妹妹。相當於一對姐妹嫁給了先帝與七王爺兄弟二人，現下太后雖已過世，但七王爺仍然健在，是在世的皇室嫡親中輩分最高者，自然地位崇高。

七王爺與王妃沒有隨泰安帝南下，待鎮北王入京後，兩家便訂了親事，男方是鎮北王世子，女方是七王妃的親姪女，也就是之前太后的娘家姪女。

自古掌權者講究的是強強聯合，此次聯姻便正是如此。雖然當初太子借外戚之力不成反受聶伯光鉗制，但不代表這些外戚的力量真的消失了，有些時候，他們只是待價而沽，等待一個更好的買主而已。

而七王爺與鎮北王定下的婚期是迎泰安帝回朝之時兩個小輩便正式完婚，但稍一細想就能知道，如果泰安帝有朝一日真的活著回朝繼續做皇帝，那這門親事，只怕會立即煙消雲散了吧。

聽了顧晚晴的問話，劉側妃顯然十分頭痛，又問了幾個不相關的問題，才對顧明珠道：「還是

妳和她說說吧。」

顧明珠輕聲應是，又走回顧晚晴身邊，拉著她的手，貼近她的耳邊簡要的說了事情經過。

顧晚晴越聽，臉上越是燒得厲害，原來是有人故意引了入宮參加壽筵的七王妃到毓慶宮去，七王妃在宮外就聽到了連綿的喘息聲，本以為是哪個宮女引了男人入宮淫亂，極怒之下差隨身內侍去將偏殿的人「當場拿下，亂棍打死」。不想那隨侍帶人拿了棍棒去了，卻沒敢真的把誰打死，出來覆命時支支吾吾的，七王妃知道有異，衝進殿中一看，兩個人在紗帳內滾作一團，正是袁授與顧晚晴兩個。

據說當時袁授與顧晚晴都處於神智不清的狀態，將他們分開後穿上衣服，他們還是躁熱難忍的模樣，根本沒法問話。

後來沒辦法，鎮北王帶走了袁授，七王妃安撫那些隨行來的命婦，顧晚晴就交給了鎮北王的後宮，務求問出真相。

聽到這，顧晚晴總算明白了袁授的整個計畫，七王妃是撞破此事的最好人選。鎮北王要顧及著七王妃身後的勢力，不能輕易的把此事壓下，另外七王妃身邊跟著幾個命婦，雖然都是一些信得過的人，但到底是有人知道了，這種情況下鎮北王就算知道此事有詐，再想娶顧晚晴也是絕無可能的。從而使顧晚晴徹底沒了給袁授當小媽的機會，接下來便是看鎮北王如何處理這件事，是順水推舟？還是殺人滅口？

結果很快就出來了。

這件事後僅隔了一天，鎮北王便派人去顧家下了聘禮，兩份。

一份是顧明珠的，另一份給了顧懷德的嫡出女兒顧慧珠。

顧慧珠比顧晚晴小兩歲，今年有十八了，因為先天不足所以身體一直不好，顧晚晴還曾給她看過，但無能為力。

因為顧慧珠身體虛弱，所以家裡一直沒給她議親，這次鎮北王下了聘禮，納她為鎮北王側妃，而顧明珠為世子側妃，整件事看起來和顧晚晴沒什麼關係，但又關係密切，因為她成了陪嫁物品，成為顧明珠帶往鎮北王府的貴妾，月內火速完婚。

這事說白了，就是鎮北王在給白己圓面子，不是說要娶個顧家的小姐為側妃嗎？現在娶了：不是說還有個顧家的小姐為世子側妃嗎？也定了；還有個眾目睽睽下滾出來的，也算有了交代。

鎮北王當然不是真的想給顧晚晴一個交代，只不過勢比人強，京中留守皇親眾多，又有一些留守大臣，那都是要投靠他的，如果他這個時候放棄了顧晚晴，不給她做主的話，會令很多人感到寒心。

而從他對顧晚晴的安排上看，也側面反應了他心底的不甘。側妃，側到哪去都是妃；貴妾，再貴也不過是個妾。

對於這個結果，顧晚晴並無不可，不管是妃是妾，她現在要占的只是個身分。相信袁授還有後招，說不定出嫁前再弄一次刺客偷襲什麼的，再把她偷出去，這都是說不定的事。

只是她心裡另有不痛快的地方，便是顧慧珠。她覺得是因為她，顧慧珠才要嫁入鎮北王府，每天對著個老變態，這將是何種折磨？

而這件事對於顧家的打擊也是很沉重的，連顧明珠一個庶出的女兒都有了側妃的身分，而堂堂天醫，居然淪為一個妾室！

因為這件事，族內的長老們已秘密修書送往南方，請家主與大長老定奪，是否要剝奪顧晚晴的天醫之名，另尋新任。

但信是送出去了，能不能送到地方還很難說，而在回信之前，顧晚晴還是天醫。

這天顧晚晴又去看顧慧珠，雖然顧慧珠與顧明珠是同父異母的姐妹，但或許因為顧晚晴常常來給她診病的原因，她與顧晚晴反而更為親近。

「妳不要這樣了。」顧慧珠半躺在床上，一邊看書，一邊吃著手裡的茯苓糕，「我能嫁得出去妳還不高興？再說妳又不是沒見我爹每天笑得那樣子，臉都快開花了。他養育我這麼多年，我能讓他這麼開心一回，也算值了。」說完她抬眼，看向坐在桌邊的顧晚晴，「行了，別剝了。」

顧晚晴的面前擺了一排剝好的桔子，還在繼續，一點也沒有停手的意思。

「我知道了。」顧慧珠似笑非笑的看著她，「妳是在想世子吧？」

「柿子？我還桔子呢！」顧晚晴說完看了眼手裡的桔子，沒好氣的丟到一邊，轉身叫冬杏去打水洗手。

她的確心情不太好，一方面是為顧慧珠，另一方面是因為袁授。

這都幾天了，鎮北王府都派人過來核過婚期了，袁授竟是頭面未露。他不是會半夜跳窗嗎？或者讓人來送個口信也行啊，之後的事都是怎麼計畫的倒是知會她一聲啊，難道就這麼要她嫁了？

不，是陪嫁！

第一百零三章

# 【十里紅妝】

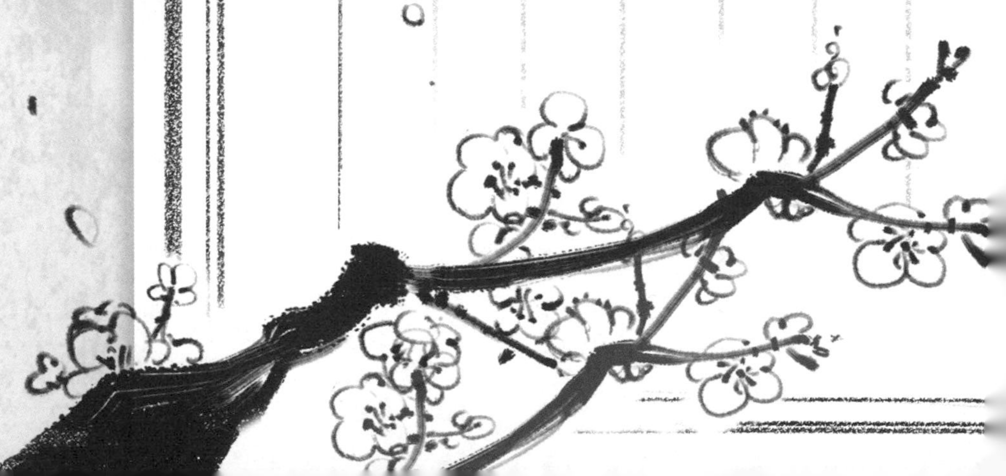

又等了幾天，袁授依舊沒有消息。三房那邊準備顧明珠與顧慧珠的婚事忙活得昏天暗地，顧晚晴倒悠閒，根本沒人給她張羅衣裳首飾，嫁妝就更別提了。

雖說嫁給袁授只是權宜之計，但這麼冷清的出嫁，顧晚晴心裡還是有點難過。

她「親生母親」周氏自突發了這場變故後更加的專心禮佛，根本不理外事，也就對顧長生還熱情點。顧晚晴曾跟著顧長生去看了她幾次，但都場面尷尬，常常她一開口，就冷場了。

如果葉顧氏在就好了。

「小姐，有人送來一張帖子和禮物，人就等在大廳裡，讓小姐儘快回話呢。」

顧晚晴掀開冬杏手中捧著的精緻小匣看了看，裡面裝著一些淡金色的海珠和一些金餅子。顧晚晴這兩年也算是有點眼界了，知道這些東西看著少，但價值不菲，當下心裡有些訝異，又從冬杏手裡抽出帖子看了看，看那落款是鎮國公府，更有些意外。

雖然她這個天醫平日裡是有價無市根本請不到，但自從她要出嫁為妾的消息傳出後，以前那些雪片般的請帖就像被風吹散了似的一張也沒來過了。想想，病得快死了非得她出馬的還是少，平時裡想請她的無非是要爭個面子，可現在呢？一個妾室，請來了不僅不漲面子，反而還有點丟臉。所以顧晚晴現在的行情不太好，她也格外的清靜。

先看了落款後，顧晚晴才又回頭去看帖子內容，原來是一個姓石的富賈和鎮國公府沾了些親戚，家中有人重病不治，估計是想死馬當活馬醫，也顧不上什麼面子了，這才透過鎮國公府來請她，希望她能過府治病。

正好，顧晚晴在家都快閒得長毛了，有機會出去轉轉她求之不得。當下讓冬杏給送帖來的人回了話，略整行裝，把自己包得密不透風的，這才帶著青桐出了院子。

顧晚晴乘著自己的馬車，跟著送帖子的小僮出了府門直往城南而去，約莫過了一個多時辰，那小僮才從前面的馬車上下來，畢恭畢敬的在顧晚晴車外道：「天醫大人，我們到了。」

顧晚晴掀開車簾看了看，見馬車停在一戶朱門之外，從橫列六扇的門扉便可看出這戶人家的實力非同一般。只是，當初聶伯光南下時明明帶走了京中最頂級的一些富戶商賈，這樣的人家，怎會放過？

不過轉念一想，這石家與鎮國公府沾親，或許就是因為這個，所以逃過了一劫吧？

顧晚晴沒有過多耽誤，由青桐扶著下了車，跟著那小僮來到大門之外。小僮輕叩門環，不消多時，大門開了一角，一個老者問明身分後，將顧晚晴等人帶入石府之中。

往石府大廳去的這一路上，顧晚晴盡被沿途的巧妙布局吸引住目光。這戶主人雖是商賈出身，可品味雅致，府中布置處處匠心可見，只是可惜現在是冬天，花落草枯，若是春夏之季，這宅子定然觸目皆是美景。

進到大廳之後，青桐被人請到偏廳稍作休息，顧晚晴雖覺得奇怪，但心想可能是主人的病症難以啟齒，所以不便讓外人在場，便由著青桐去了。

而後顧晚晴便被牆上掛著的一幅鬥牛圖吸引住了目光，這幅畫出自於前朝大畫師戴嵩之手，她曾在顧長生的書房中見過，當然是拓本，顧長生當時還感慨沒機會一睹真跡的風采，眼前這幅……顧晚晴對書畫沒有研究，可直覺告訴她，這是真跡！

就在顧晚晴走到畫前仔細看著畫上的印章與留名時，突然聽到幾聲嗚咽自身後傳來，她剛一回身，便已被人抱個正著。

「晚晴……」

顧晚晴怔了兩秒，才極喜的回擁住對方，「娘！」

竟是葉顧氏！

顧晚晴叫了聲「娘」，眼淚便已落下，又哭又笑的半天，才鬆開葉顧氏，抬頭又見葉明常站在門口處抹眼淚，欣喜萬分的問道：「娘，你們怎麼會在這？」話才出口，又有些恍悟，「是袁授……」他們的行蹤一直是袁授在掌握的。

葉顧氏擦著眼淚點點頭，「是啊，阿獸他……」說著又失笑，「妳瞧瞧，我就尋思著他還是阿獸呢，總想這麼叫，叫世子總覺得彆扭。」

顧晚晴跟著笑了，「妳想叫什麼就叫什麼，別讓旁人聽到就好。」

「那怎麼行？」葉明常也走過來道：「那可不行，世子現在身分非比尋常，雖說對咱們好，但咱們也得牢守本分才行。」

葉明常這麼一說，葉顧氏又不樂意了，轉過身去把他擠開，挽著顧晚晴道：「別聽他的，別人不行，妳還不行嗎？妳和世子是什麼關係？不說以前，那以後也是最近的……」

說到這，她嘆了一聲，眼眶又有點發紅，「就是老天弄人，以妳的身分和世子的關係，再怎麼

樣也不能讓妳去做妾室啊！五小姐一個庶出的女兒，反而做了側妃。」

葉明常扯了扯葉顧氏的袖子，「妳說這些幹嘛？都是王爺決定的事，誰還敢反對？只要以後世子對閨女好，也就行了。」

顧晚晴也不想多聊這方面的事，連忙附和兩聲，拉著葉顧氏和葉明常坐下，「你們從頭給我說說，到底是怎麼回事？」

葉顧氏便道：「之前我們不是出京了嗎？就待在千雲山旁邊的那個村子，後來聽說皇上南巡去了，鎮北王爺又要什麼『清君側』，總之亂了一陣子。後來王爺入了京，我們尋思著回京來找妳，可是那陣子城門查得很嚴，有路條的才讓進來，我們就被困在城外，又過了不久世子就找到了我們，他說妳現在的狀況還不穩定，讓我們先在城外安頓……我還想問妳呢，前段時間說是要去關外安頓，我們都出了關了，又說有了變故，到底是怎麼回事？」

說到這個，顧晚晴嘆了口氣，又不想他們過於擔心，當下道：「就是我覺得時局太亂，想和你們出關過清靜日子，但丟下顧家那麼多人總不是辦法，所以就……」

葉顧氏聞言也嘆道：「聽說大長老與家主都隨皇上南下了？這麼一大家子，可真難為妳了。」

葉明常卻道：「不走是對的，做人總要有擔當才是，妳身居要位，不能說走就走的。」

顧晚晴點點頭，心裡的暖流一股股的湧出來，好久了，她沒有這種溫暖的感覺好久了。

「再後來呢？你們怎麼又到了這？」

「也是世子安排的。」葉顧氏繼續說道：「世子這段時間一直在忙著給我們安排一個新的身分，好讓我們能在京中安身，又能名正言順的見到妳。」

聽到這裡，顧晚晴才發現不止葉顧氏珠翠滿頭華服加身，一副當家主母的模樣，就連葉明常都胖了許多，好像還白了，跟以前相比簡直是天壤之別。

「那這石府也是……」

葉顧氏笑著點頭，「是啊，世子說王爺對妳多少有點猜忌，如果我們出現，王爺肯定會將我們控制起來，到時候妳兩面為難。因為把葉字拆開有個『十』，所以咱們就姓了石。這個宅子原是一個富賈所有，他隨駕南下這裡便空了下來。世子託人買來給我們住，妳爹現在是從關外來的皮貨商，在正陽大街還有個店鋪讓人管著。還有……」

葉顧氏指著葉明常，「妳看妳爹是不是和以前不一樣了？世子手底下有個能人，也不知道給妳爹塗了什麼，他就白了……」

葉明常稍有點不自在，摸了摸自己的臉，乾咳一聲，「這是為保險起見，省得有人認出我，現在我有了新的身分，出入又體面，以前認識我的人就算見到，應該也不敢確定了。說是過幾天還要刮鬍子……」他說著又摸了摸脣上的短鬚，好像有點捨不得。

聽著這些話，顧晚晴簡直像做夢一樣，「這些事都是這十來天辦好的？」

葉明常和葉顧氏齊齊點頭。葉顧氏又拉著顧晚晴出了大廳，沿著石子小路直走到一個單獨的院落前。

那院子門上上著鎖，從圍牆的長度來看院子不小，葉顧氏從懷中摸出一個還帶著體溫的鑰匙，遞給顧晚晴，「世子做的可不光是安排我們。」

顧晚晴疑惑的接過鑰匙，到那月亮門前開了鎖，推開院門，便見滿眼的紅。

偌大的院子裡擺滿了大箱小盒，一擔擔、一箱箱都朱漆描金，流光溢彩，看著不下百抬，抬桿上都綁著大紅的綾緞，襯著周圍的素裹雪景，極為耀眼。

「這裡只是些被褥衣服，胭脂綢緞，屋裡擺不下了，才擺到外頭來。」葉顧氏拉著顧晚晴的手，避開地上的東西來到院中正房之前，伸手將門推開，「這些是內房傢伙。」

屋子裡，擺放著各式家具，房前桌、紅櫥、床前櫥、衣架、春凳、馬桶、子孫桶、梳粧檯……應有盡有。最惹眼的是正中占了大半地方的一張手工床，同樣的漆朱描金，工藝繁複得可令現代任何一個匠師目瞪口呆。

「這邊……」葉顧氏又領著顧晚晴到旁邊的幾個屋子去看，「這些是外房傢伙。」

所謂內房外房傢伙，就是按功能布在內室和外室的家具，像是畫桌、琴桌、八仙桌、圈椅等都是外房傢伙。

「這些都是妳的嫁妝。」葉顧氏低著頭，握緊了顧晚晴的手，「爹娘沒本事，給不了妳什麼，所幸世子想得周到，五小姐是世子側妃，照規矩是可以亮嫁妝的，妳隨五小姐一同嫁入王府，總不能太過寒酸了。」

聽到這，顧晚晴心裡一酸。從定下婚期到現在，她就像被人遺忘了一樣，哪有人為她著想？雖然這只是權宜之計，但她要出嫁是事實，她這些天心裡的鬱悶就別提了，每天自嘲解悶，無非就是想讓自己的心裡好過一點。可現在，她真有點撐不住了。

人就是這樣，孤立無援的時候能堅強，一旦有了依靠，反而變得軟弱了。

忍下泛起的淚水，顧晚晴意識到了一個很嚴重的問題。這場婚禮，她和袁授都清楚只是一場戲，既然是一場戲，就有必要跟葉氏夫婦說明白，省得他們期望過高，將來失望越大。

當下顧晚晴笑笑，盡量自然的道：「反正都是假的，寒酸一次也無妨。」

葉顧氏一愣，正想開口之時，院門處有人說話：「就算是假的，也不能讓妳被人比了下去。」

# 第一百零四章

# 【沒關係也有脾氣】

聽到這個聲音顧晚晴回頭，便見袁授一身黑衣，在這銀裝素裹的天地裡很是刺眼，顯得越發勁瘦英挺。

「什麼假的？」葉顧氏茫然的看看兩邊，神色間滿是不解。

顧晚晴沒先急著解釋，把葉氏夫婦又帶回大廳，才將這段時間的事情慢慢講來。葉氏夫婦都聽傻了眼，一會看看她，一會又看看袁授，張著嘴，卻不知道該說什麼好。

「我想等嫁過去後把天醫的位置交給長生，再聯合長老團推舉二叔的長子顧天生暫代家主之位。現在三叔管著族裡的事，他輩分也高，可資質平平，族內很多人不服他，二叔雖然不在，但昔日支持他的族人眾多，由顧天生暫代家主，不會出什麼大亂子。等顧家大宅重建完成，一切的事就可以都交給他們，我便可無牽掛。」

之前無論誰問，顧晚晴也沒將心裡打算露出一點半點，但她心裡是早做好了打算的，之前不說，只是擔心顧家大宅還沒建完。她的婚事也在即，許多事都是三房的人在操持，貿然將決定說出，恐怕會引起三房的不滿，到時候半路撂挑子，麻煩會不小。所以，她想頂著天醫之名出嫁，再等到顧宅建成之後，再宣布此事。

她是天醫，無論出嫁後的身分如何，在未卸去天醫一職之前，在顧家她還是有絕對話語權的。到時就算三房不甘，一切事務俱已完成，他們也翻不出什麼花樣來。

「等顧家一切重歸正軌之後，我便推說身體不好到京郊住一段日子，漸漸淡出大家的視野，等過個一年半載的，再徹底消失。」

這是顧晚晴第一次說出自己的打算，也只有在他們面前，她才肯說出自己的打算。當然，以天醫之名下嫁為妾，傳出去是很難聽的，不單是她的名聲掃地，對顧家的名聲也有損害。但顧晚晴認為，事有輕重緩急之分，若時值盛世，此舉自然萬萬不可，可現在的形勢下面對族內紛爭，一些名聲上的傷害幾乎可以忽略不計，時逢亂世，最大程度的保存實力才是王道。

「既然妳都已打算好了……我和妳爹都聽妳的。」葉顧氏說是這麼說，臉上卻帶著幾分遺憾，顯然不能真的認袁授做女婿這事給了她一定的打擊。

看著葉顧氏的神色，顧晚晴搖頭失笑，又問道：「一直想問呢，怎麼不見昭陽？」

「阿獸……」葉顧氏說了兩個字，連忙改口：「世子安排昭陽去軍中了，幫著軍醫給人瞧病，他也十六了，該出去歷練歷練了。」

顧晚晴點點頭，「娘，我和世子有話要說。我們兩人出去走走。」說完她轉身，對著袁授一點頭，拿起椅子上的斗篷自己披上，抬腿出了大廳。

前幾天剛下了一場大雪，沿路盡是雪色，別有一番景致，顧晚晴一路往剛才出來時經過的花園方向而去，沒走多遠就見著前方有一個小湖，一個近湖亭架在湖面上。

顧晚晴信步朝那亭子走去，步子不快也不慢，袁授一直跟在她身邊，跟了好一會，快到那亭子的時候突然開口問她：「我的安排……妳不高興？」

「沒有。」顧晚晴停了腳步，轉身看著他，「我只是覺得，有些事你該要與我商量，我爹娘進京的事、嫁妝的事，都該先問問我才對。如果我要走呢？你這番安排豈不是白費心血？」

說出這些話前，顧晚晴也考慮良多，她明白袁授所做的一切都是為了她好，可這其中，也不乏夾雜著袁授的私心。他安排好了葉氏夫婦、安排好了葉昭陽、安排好了她的嫁妝，幾乎給了她和她在乎的人所有的東西，但前提是，她留下。

如果她留下做他的貴妾，這一切安排才有意義，否則，按她的打算，最多一、兩年後她就帶著葉家人遠走高飛，那現在所做的一切是為了什麼？

「我原以為，你是能明白我的想法的，可現在看來……」

「我明白！」袁授急急的打斷她的話，情緒也漸顯激動，「我只是……不想妳受委屈，我只是想把我能做到的都給妳，我……我只是……」

「阿獸。」這是相遇以來，顧晚晴第一次這麼叫他，「我知道你希望的是什麼。」

看著她的眼睛，袁授不再出聲，低著頭微撇過臉去。

顧晚晴上前一步，輕輕拉起他的手，冰涼冰涼的，「我離開不代表我不會再回來，也不代表我們這輩子不能再相見，我們還有很多時間，我們相處的方式也有很多，不一定非得是成親這一種。」

袁授的手輕縮了一下，顧晚晴卻握得更為用力，「你喜歡我，那並不是真正的男女之情，那只是一種依賴、一種習慣，懂嗎？」

聽到這裡，袁授猛然抬頭看著她，雙唇動了動，最後卻只是抿緊了唇角。

雖然他沒有說話，顧晚晴卻看出了他的不贊同，知道自己一時間難以在這方面說服他，想了想

又道：「你希望我留下，所以才做了最圓滿的安排。但其實這安排一點也不圓滿，不說別的，只說那嫁妝，按規矩，嫡妻才能用正紅色，顧明珠是側妃，可用暗紅色，我呢？只能用粉紅色。」顧晚晴指著自己。

「成親那天，我只能穿著粉紅色的衣裙陪嫁進鎮北王府，連拜堂的資格都沒有。或許你會想這一切都不重要，或許你還會想你這輩子都會對我好、都不讓我受委屈，但那有什麼用？以這種方式出嫁已經是我最大的委屈。」說到這裡，顧晚晴淺吸口氣，「更何況，我根本不想給任何人做妾，就算那個人是你，也一樣。」

這番話過後，寂靜在兩人之間迅速蔓延，顧晚晴鬆開拉著他的手，給自己緊了緊斗篷擋去忽來的寒風。

此情此景，顧晚晴忽然想起幾年前的一個冬天，那日也有雪，也有風，一個人默不作聲的跟在她身後為她擋去凜凜寒風，又有一人派人送來了他的斗篷……大概那時她太不懂得照顧自己，很讓人擔心吧？而現在，她已知道出來前要先穿好斗篷，以免著涼了。

正想著往事，突然一個溫暖的大氅連同一個有力的懷抱將她緊擁入內，她掙了幾下，卻沒能掙開半分。

「不是那樣的……」袁授緊抱著她，緊到可以讓她感覺到他的微顫，「我不想讓妳受委屈……可我沒辦法了……我真沒辦法了……」

他的聲音中帶著難以察覺的緊繃與悲傷。顧晚晴微感詫異，她一直以為他對她，與她對他的感覺相差不多，他們的感情可以轉化為任何一種情感，也可以從任何一種情感轉化回最初的依賴，說到底，她是不會真的離開他的，就算他們做不成夫妻，就算他們出現了一些問題，她還是會將他視為最親近的人，既然如此，他何以……傷心至此？

顧晚晴怔忡之時，袁授卻已放開了她，將自己的大氅強加於她的身上，狼狽的轉過身去，「妳說得對，我的確……不該再這麼任性了，一切都按妳說的辦。」

聽了他的答覆，顧晚晴本以為自己會很安心，可恰恰相反，她不僅沒有安心的感覺，心裡反而有些煩躁。

他們最終也沒到那近湖亭去，兩人間的氛圍變得有些沉默，顧晚晴努力的想著話題，終於被她想到一個。

「我一直奇怪，王爺為什麼那麼堅持的要把顧明珠嫁給你？」

其實上次的「意外」之後，最好的處理辦法是她嫁給袁授，鎮北王迎娶顧明珠，兩相方便，可鎮北王卻偏偏要從顧氏族中另外選擇一女迎娶。

袁授笑笑，「她和喜祿一樣，都是能光明正大派到我身邊的人。」

顧晚晴愣了半晌，雖說她上次是被喜祿抓回來的，但事後喜祿依然跟在袁授身邊，好像這件事從未發生過。這麼說，顧明珠……不對啊！認識顧明珠這麼久，顧晚晴自然知道她不是一個甘心被人利用的人，她為何要替鎮北王做事？除非……她與鎮北王之間，早有交易。

會是什麼呢？想來想去，似乎只有顧家家主之事。

但只為了一個監視的眼線，顧晚晴又不太能相信鎮北王會這麼無聊的去和顧明珠做交易，畢竟，只要他一句話，多得是人自願留在袁授身邊當奸細。

顧晚晴百思不得其解之時，袁授突然站定身子，猛然轉頭道：「父王近來秘密派人前往京城西郊，其中有不少御醫，我幾次探查都無結果，可與這事有關？」

京城西郊？顧晚晴眼皮一跳。

當初顧家化整為零之時，將顧家大部分可移動資產都分批轉移掩埋，其中包括一批黃金、一批成藥、絕秘的醫典和藥方，還有顧家百多年來收集的珍稀藥材等物，俱是珍貴無比。這些東西分做六處匿藏，轉移之時也都是秘密操作，族內知道這件事的人很少，也只有顧晚晴、大長老與顧長德三人知道全部地點。

因為時局不穩，雖然顧家已著手重建，但顧晚晴並未急著將這些東西取出，僅是動用了當初存於各大銀號的一些資金。前段時間也有長老提出將一些醫典取出以便鑽研之用，都被顧晚晴拒絕了，在時局真正穩定下來，這些關乎顧家存亡的東西都是不得動用的。

可京城西郊……有一部分成藥和典籍就藏在那裡，因為三房一直負責著拾草堂，所以當初有關藥材這一部分的轉移都是由顧懷德來做的。

會嗎？顧明珠會為了自己的未來而出賣顧家嗎？

顧晚晴的指甲不知不覺間刺痛了手心，她回過神來，拳頭鬆了鬆，心裡的怒火卻無論如何也難以平息！

雖然這些年她對顧家一直是處於無功無過的狀態，對大長老與顧長德的決定也很少反對，甚至在想到離開的時候也沒有太多糾結感，因為她到底不是真正的顧氏族人。相比起來，她更在乎葉家人的死活，對顧氏只做到相應的責任就可以了，其他的都沒關係。

可……沒關係不代表沒有脾氣！

如果讓她查明此事屬實，那麼……

顧明珠！妳就別指望著能安然出嫁了！

第一百零五章

# 【軟肋】

顧晚晴回到大廳，與葉氏夫婦又小聚了一會，因為心裡有事，總是難以集中精神，乾脆起身告辭，改日再來探望他們。

臨行之前，顧晚晴又想起一件疑惑的事，向袁授問道：「你這些年都在邊關，哪裡來的銀子和人手來辦這些事？」就算再秘密培養心腹，那畢竟是鎮北王的地盤，哪是那麼容易瞞過去的？

袁授的心情也有些低落，但還是打起精神答道：「是我母妃的資產。」

想起那個好像一直在吃齋唸佛的鎮北王妃，顧晚晴有些意外，她還以為以王妃的溫和脾氣，鎮北王不願的事，她便不會去做呢。

袁授倒似看出了她的心思，失笑道：「我與母妃見面的次數雖然不多，但她畢竟是我母親，母子連心，她對父王隱下的那些資產，便是為我準備的。」

顧晚晴又是一愣，「隱下的？」

袁授絲毫沒有隱瞞的意思，「我母妃出身於前朝的大世家哈氏，雖早已歸順我朝，但族內子弟不可出仕為官，哈氏不願徹底淪為商賈之家，便將我母妃許給父王。」

顧晚晴想了想，「那王爺當時定然也是別有所求了？」

袁授詳細解釋道：「那是自然，他豈會做無用之功？鎮北王一脈，從將軍到士兵，都是父傳子、子傳孫，在軍中，他們不叫自己為大雍軍，而叫『麒麟軍』，他們效忠的對象也不是皇上、不是朝廷、更不是我父王，他們只效忠『鎮北王』。正因如此，鎮北王一脈才能攻無不克的成為大雍朝無法替代的壁壘。這樣一支隊伍，朝廷怎可能不加防範？」

「所以從太祖皇帝開始，鎮北王一脈的軍資向來是自給自足，若軍資不充，便只有縮編一途，到時朝廷就可以整編藉口插手軍中事宜，加編朝廷的心腹將士進來，這樣日積月累下來，鎮北王一脈的勢力便會漸漸縮小，再威脅不到皇室了。」

顧晚晴推測：「所以是為了軍資？」

袁授微一點頭，「當時突坦來襲，祖父過世，父王剛襲了王位，為安定人心，他需要有一個強而有力的後援支持，哈氏富可敵國，便是最好的人選。」說到這，他略一停頓，看著顧晚晴的眼睛說道：「這也是為什麼我失蹤多年，他卻不肯重立世子的原因。」

顧晚晴恍然大悟，怪不得，看來應是哈氏一族與鎮北王有過協定，若王妃的地位有損，他們便不會再繼續支持鎮北王，這也是在保護自己的利益不受損害。

袁授繼續道：「哈氏現在看來不過是一個沒落世族，但他們每年都會提供給鎮北軍幾百萬兩的軍餉。他們是由明轉暗，整個大雍數得出來的鉅賈富賈，近一半都是哈氏族人。這些人有一些連我父王都不知道，這種情況下，我母妃有一些不為人知的自家私產，也就不足為奇了。」

聽完這些，顧晚晴緩緩的點了點頭，看來果然是人人都有秘密。哈氏支持鎮北王的初衷或許只是想攀上皇親，但如今想想，也不乏有另一層意思。

哈氏是前朝的世宗大族，到本朝卻沒落到只能經商過活，難道他們不想再過回以往出朝入仕的風光生活嗎？難道他們真是錢多到可以大手筆每年給女婿幾百萬兩隨便花花？絕對不是，這些都是在求一個回報。

試想，如果有朝一日哈氏的女兒成了當朝皇后，哈氏的外孫成了當朝太子，誰還敢再對哈氏入仕一事再有不滿與質疑？

所以說，面對困境，每一家、每一族都有自己的應對之道，如今顧晚晴要面對的，同樣如此。

離開了石府後，顧晚晴即刻趕回顧家，並在第一時間前去拜訪了她的「生母」周氏。

她想了很久，關於顧明珠出賣顧家一事，她幾乎無須求證就可以確定，尤其在聽完袁授的話後，更為確定。

鎮北王那樣一個連娶妻都目的明確、為了哈氏的支持不惜讓世子之位空懸十年的人，怎會毫無理由的給旁人好處？而顧明珠能拿得出對鎮北王有用的好處是什麼？這麼想，範圍就很有限了。

不過，她也不想一棍子把顧明珠打死，她相信顧明珠不會蠢到把顧家的東西如數交出，頂多是複刻。袁授說派往西郊的人中多有御醫，想來是去抄錄典籍的，對即將擁有天下的鎮北王來說，一切珍貴之物都是有價，只有秘傳典籍才是無價之寶。

其實這麼想的時候，顧晚晴就已經定了顧明珠的罪名，想的也都是該怎麼對付她了。可思來想去，顧晚晴竟對顧明珠沒有一點辦法，她想不出顧明珠的任何軟肋所在。

顧明珠在族中人緣極好，但又不見她和誰走得過分親密，就連和她的生母樂姨娘，也僅是恪守禮數而已。

但或許這就是顧明珠成功的原因之一，她是庶出的女兒，如果再與生母走得過近，那在旁人眼裡她就是一個上不了檯面的庶女。可現在呢？提起顧明珠，誰也不會第一個就會想起她的出身，相反，族人們還以她為榮，如今更是攀上了世子側妃之位，將來世子變太子，她的風光註定無限，不服不行。

顧晚晴想到最後也是沒招了，決定還是碰碰運氣。

顧明珠的生母樂姨娘與周氏一樣奉佛，早年還有些交情，說不定偶爾聊天時會與周氏提到顧明珠，顧晚晴此番來找周氏，便是想從中探探消息，看看能不能找到一些線索。

顧晚晴堅信誰都有弱點，她現在不知道，那是因為還沒發現！

顧晚晴在佛堂外等了一會，便見周氏在丫鬟的攙扶下走出佛堂。

一個多月沒見面，顧晚晴覺得周氏似乎又瘦了不少，整個人顯得沒什麼精神，出來後看見她，先是往她後頭看，見沒人，才又將視線調了回來。

「長生沒有過來。」顧晚晴本來覺得面對周氏是一件很尷尬的事，可或許是因為現在心有所想，那分尷尬竟消失得無影無蹤。

她上前接替了丫鬟扶著周氏，慢慢的走回周氏的寢室。

一路上，周氏一言未發，直到進了屋，才掙開顧晚晴的手，「妳來找我，有什麼事嗎？」生疏的態度與葉顧氏形成極為鮮明的對比，顧晚晴心中感嘆，對真正的顧還珠又生出兩分同情。這是她的親生母親，卻對她疏離至此。

「的確有事。」顧晚晴坐到桌邊去，抬頭看著周氏，示意她也坐下。

周氏卻沒坐，轉身走到衣櫃前，拉開櫃門，從櫃中拿出一個木匣，而後回到桌前坐下，把那木匣推到顧晚晴面前。

「這是……我當年的一些陪嫁地契。」周氏神色淡然的開口，「另有一些，是給長生留的，這些妳拿去吧。」說完她想了想，又說：「雖然不多，但有總比沒有要好。」

顧晚晴有些錯愕，怎麼著？周氏以為她來是要東西的？

沒急著解釋，顧晚晴打開木匣，見裡面放著幾張契書，有地契也有店鋪，還有一些銀號的存根，粗看下來，約莫也有五、六千銀子和一些首飾珠寶。

這真是瘦死的駱駝比馬大，周氏畢竟是做過一家主母的人，雖然現下落魄了，手裡還是有不少餘糧，況且這些只是「部分」。

「我來不是為了這個。」顧晚晴把木匣蓋好，開門見山的問：「聽說母親以前和三房的樂姨娘有些交情？」

周氏垂著眼，摸著手裡的佛珠，「交情談不上，只是有些來往，後來她出了府，就再沒聯絡了。」

兩年前樂姨娘以專心奉佛之由前往京郊的水月庵帶髮修行，這是稟過了家主的。顧晚晴自然也知道此事，她沒有馬上前往水月庵是怕打草驚蛇，這才先來周氏這探探口風。

顧晚晴又問道：「那以前樂姨娘可與母親說起過五姐姐？」

聞言，周氏抬眼看了看顧晚晴，而後又垂下眼去，沉默良久。

就在顧晚晴覺得她不想和自己說得太多時，周氏又站起身來，在衣櫃中查找一番後，回來時手裡拿了一個小小的布包，又推至她的面前。

顧晚晴打開來，見裡面是一個斷成兩截、在外箍了銀圈固定的玉鐲，她不明白這是什麼意思，抬眼相詢。

周氏緩緩坐下，「她臨走前與我告別時不慎碰碎了她的鐲子，這是她的心愛之物，本是託我修補了給她送去……」說到這，周氏再次抬眼，「她不容易，很不容易，若是有事，盡量不要真的將她牽連進去才好。」

顧晚晴驚詫至極！

她才問了一句而已，周氏為何會說出這樣的話？周氏怎會知道她要找樂姨娘？是她的情緒太過外露，讓周氏有所察覺？還是周氏一早就知道她與顧明珠之間的事，現在發生的一切，都在周氏的預料之中？

這種感覺實在詭異，顧晚晴瞪了周氏半天，卻冉得不到什麼回應，周氏半合著眼睛撥弄佛珠，已然心無旁騖了。

顧晚晴費了好大力氣才讓自己不去追究原由，遲疑的拿起那只鐲子離開，那個匣子卻是沒動。

當天晚上，顧晚晴對著那只鐲子思量半宿，越發覺得周氏話中有話。

她剛問起顧明珠，周氏就拿了鐲子出來，並說這是樂姨娘的心愛之物。一個常年禮佛之人，一個對佛祖虔誠到要帶髮修行的人，什麼樣的東西在她心中才能稱為「心愛」？顧晚晴不認為這個

「心愛」的鐲子是顧懷德所送，那麼……

看著手裡的鐲子，顧晚晴稍一瞇眼，水月庵……她該去一趟嗎？

## 第一百零六章

# 【翻臉】

第二天一早，顧晚晴讓冬杏給石府送去一張藥方，這是與袁授事先說好的，遇事用人，最好還是隱密一點好。他接了信號，便會派心腹到固定地點去與顧晚晴聯繫。

又過一天，顧晚晴讓冬杏去請顧明珠，讓她過來吃飯。

找顧明珠過來是必不可少的一個安排，面子上也得過得去，所以冬杏走後，顧晚晴便讓青桐拿些銀子到廚房去，讓他們額外準備一些好菜。

過了一陣子，冬杏回來覆命，卻是哭著回來的。

「晴雙說五小姐下午要等著挑嫁妝首飾，沒空來赴約。」

顧晚晴坐在暖爐旁，本是在打量那只鐲子，聞言抬頭，看著冬杏哭紅的眼睛，「沒空就改日，妳哭什麼？」雖然這樣的態度擺明了是不給她面子，但也沒必要氣到哭。

冬杏平時嘴就不巧，現在被顧晚晴一問，更說不出什麼，就是小聲的哭。

顧晚晴也察覺到了事情的嚴重性，冬杏雖是直接從小丫鬟提上來的，但跟了她有幾年了，平日裡做事也比較穩重，斷不會隨便與人置什麼閒氣。

「到底怎麼回事？晴雙又說了什麼別的？」

冬杏提了裙子跪下，「小姐知道我不是背地裡講別人是非的丫頭，但最近晴雙她們的確傲氣太過，仗著三房管事，咱們要些什麼都推說沒有。前幾天青桐姐姐看天冷了，本想取枝老參給小姐燉了補身，可廚房那邊說最近只進了一枝好參，要給五小姐留著。還有做冬衣的時候，本應讓小姐先去挑選布料的，也都先送到五小姐那裡了。」

「這些事咱們看在眼裡，心疼的是小姐無依無靠，可旁人不這麼想，他們現在爭相的巴結五小姐，剛剛我去找五小姐，晴雙連門口都沒讓我進，就在外頭把我打發了。」

「我顧著小姐的面子不與她發作，她倒當我好欺負，說什麼將來入了王府我們也得看她的臉色說話，又挑我臨走時沒給她行禮，說以後小姐也是要給五小姐行禮的，讓咱們以後恭敬著點，說……說巴結好了她，她就讓她家小姐多向世子說說好話，讓世子多去小姐房中……過夜……」

說到這，冬杏臉上已漲得通紅一片，再說不下去了。

顧晚晴的神色間看不出什麼，目光卻冷了下去。

這可當真是一人得道雞犬升天，想當初她坐上天醫之位時，其他人對她何不是萬分敬重？連帶著青桐與冬杏都比別的丫鬟高上一頭。現在倒好，牆倒眾人推。

不過這也正常，人性如此，只不過平日裡冷落歸冷落，面子上還算過得去，可今天，晴雙竟然敢當面給冬杏難堪，話語中隱含索賄之意，這說明什麼？

這說明了，晴雙定然是聽到了什麼風聲，認定自己將來必定不會受寵，從而產生了自己要倚仗她討好顧明珠的想法。

這風聲來自何處？跑不出三房去。

「行了，沒多大的事。」顧晚晴聽著外頭漸近的腳步聲，把手裡的鐲子隨手擱到小几上，從躺椅中站起身來，「狗仗人勢之語，聽聽就罷了，豈可當真？」

「可……」

冬杏還想再說什麼，顧晚晴抬手止住她的話，與此同時，門上的棉簾由外掀開，青桐先探身進來，「小姐，五小姐來了。」

顧晚晴回頭看了眼那鐲子放著的位置，這才轉過身來，這邊顧明珠已然進了屋，穿著杏色戴帽的夾毛披風，成色很新，身後跟著的丫鬟，正是晴雙。

顧晚晴先讓冬杏起來，才皮笑肉不笑的開口，語氣也沒見有多熱絡：「不是說姐姐沒時間嗎？」

顧明珠倒是落落大方的，「妹妹相約，我就算再忙也會抽出空來的。不過我這次來不是為了赴約，是為了給這有嘴無心的丫鬟向妹妹道歉來了。」說著她朝顧晚晴緩緩的施了一禮。

顧晚晴不閃不避的受了她這一禮，而後才道：「這可不敢當，況且晴雙姑娘也沒錯，以後進了王府，姐姐可得為我向世子多多美言才好啊。」

雙晴當即向著顧晚晴跪下。

顧明珠轉身過來走到顧晚晴身邊，挽起她的手道：「好妹妹可別生氣了，姐姐給妳賠不是了，我們共同嫁入王府，將來有人可以相互扶持，這是多大的好事？妹妹可別讓一個下人給攪壞了心思。」

晴雙跪在地上也說：「六小姐恕罪，我就是個急脾氣，昨天聽見幾個婆子嚼舌頭，說六小姐和世子爺都有了肌膚之親，但這麼長時間了，世子爺別說來看六小姐，就連派個小廝來問候都沒有，簡直太不把小姐當回事了，我當時便把那幾個婆子痛罵了一頓，主子的事也是她們能胡說的？今天也是一時心急，才對冬杏妹妹說了些不應當的話，但卻是一點重話也沒說的，想的只是六小姐和我

們小姐將來能守望相助，冬杏妹妹當時可能是被旁人誤導，這才對我有了偏見。」

晴雙說這些話的時候，顧明珠就在旁邊聽著，一點反駁的意思都沒有。顧晚晴心中冷笑，這番說辭，若沒有主子首肯，再給晴雙一個膽子也不敢在她面前說出來，怎麼？今日道歉是假，讓她認清「不受寵」的事實才是真？

「倒是我誤會妳了？」顧晚晴坐到桌邊去，便見顧明珠的目光朝躺椅那邊瞟了一下，當下笑道：「姐姐也來坐吧。」

顧明珠順從的坐了，顧晚晴才示意青桐把那邊的鐲子拿過來，在手裡擺弄了幾下，向晴雙遞了過去，「既然誤會妳了，這鐲子就給妳當作補償吧。」

晴雙愣了一下，不自覺的看向顧明珠。

顧晚晴也轉頭看著顧明珠，笑著說：「這鐲子質地不錯，就是斷了，實在可惜，我就讓人重新鑲好了。」

說話的時候，顧晚晴的眼睛一直盯著顧明珠，清楚的看見她的手緊縮了一下，手指緩緩的絞著帕子，似在忍耐著什麼。

這可真是意外之喜！

顧晚晴將鐲子送到顧明珠眼前，「姐姐也看看，這鐲子是不是不錯？可配得起妳家的晴雙姑娘？」

顧明珠的目光慢慢的從鐲子移回到顧晚晴臉上，看了她良久，臉上笑容依然甜美，「妹妹給我看這鐲子，是什麼意思？」

「妳說呢？」顧晚晴意味深長的笑了笑，「姐姐就不覺得這鐲子眼熟？」裝傻是嗎？那她就挑明說。

顧明珠接過鐲子看了看，搖頭笑道：「鐲子嘛，看來看去都長得差不多，我那也有幾個看起來和這個一樣。」

「誰說不是呢？」顧晚晴收回鐲子放到桌上，突然轉了話題，「聽說王爺最近對西郊動作頻頻，不知在做些什麼？」

顧明珠絞著帕子的手頓時就是一僵，看向顧晚晴。顧晚晴卻仍是似笑非笑的樣子，好像已然掌握了一切。

「王爺的事，豈是我等可以探知的？」顧明珠淡淡的笑笑，起身說道：「妹妹事忙，我就不打攪了。」

顧晚晴也隨她，只是指著晴雙道：「我這兒最近缺人手，把她借我使喚幾天吧？」

晴雙立時緊張起來，顧明珠只是略作考慮，便點頭同意，勉勵了面現土色的晴雙幾句，而後匆匆趕出門去。

顧明珠走後，晴雙的身板已不像最初時那麼直了，垂著頭跪在屋裡，一副等候發落的樣子。

顧晚晴沒什麼心思理她，揮手讓冬杏帶她出去。冬杏心裡不平衡，自然會好好「照顧」她的。

顧晚晴留下晴雙只是為了試探顧明珠，如果顧明珠無事，定然不會輕易的讓晴雙留下，可她偏偏就同意了，由此可以證明，她的心思已經根本不在晴雙身上了。

又過了幾天，離顧晚晴她們的婚嫁之期只有五日了。

「小姐。」冬杏的笑容一如既往的樸實，「五小姐來了。」

顧晚晴笑了笑，扔下手裡的書，稍作整裝後，前往住所中的小花廳。

因為這幾天下雪，各個屋裡都添了暖爐，顧晚晴才進了屋就感覺熱浪撲面，又見顧明珠站在一株盆栽前發怔，身上的杏色披風也沒有解下。

顧晚晴也不叫她，逕自走到桌邊坐下，讓冬杏替自己倒茶。

其實顧晚晴沒有喝茶的習慣，這麼多年了，除了必要的場合，她都是依著時節自己隨意配來喝。現下是冬天，屋裡乾燥，她就讓冬杏備了菊花枸杞泡水來喝，很是清爽，又不寒涼。

顧晚晴半盞茶喝下去，顧明珠才轉了身子，看著她，半晌沒有言語。

最後是顧晚晴先開的口：「妳能來，可見妳還有些良心。我還以為真的把樂姨娘的手砍下來給妳送去，妳也不當回事。」

聽了這話，顧明珠猛然激動起來，衝到顧晚晴面前極怒低喝：「妳到底……把她帶到哪去了！」

顧晚晴放下茶碗，好整以暇的看著她，「妳放心，她目前還算安全，將來就算真有什麼不測，我也得看著妳的面子啊。畢竟說起來，還是妳帶我找到樂姨娘，這份情我得承啊！」

當初聽了周氏的弦外之音後，顧晚晴就開始懷疑樂姨娘便是顧明珠的軟肋所在，不過既是軟

肋，以顧明珠的心計，豈會不加以防範？

城外的水月庵，欒姨娘真在那嗎？

顧晚晴苦思整夜後，決定穩妥行事，向袁授借了人手暗中監視顧明珠，如果她對那鐲子的來歷生疑，定會派人去欒姨娘那打聽情況，到時欒姨娘在哪裡自然不是秘密。

事實上，找到欒姨娘的地點也不是水月庵，而是在水月庵的後山上，欒姨娘獨居在一個木屋之中，生活十分樸素。

找到欒姨娘後，顧晚晴就變著戲法激顧明珠來找她，她先是讓人送了一些欒姨娘的隨身首飾過去，後來是幾綹頭髮，一直沒有動靜。到了昨天，她也有點急了，託袁授弄了根處死死囚的斷指，今早送了過去，這才稍見效果。

「妳為了自己的出路，疏離自己的親娘；怕三嬸猜嫉，妳不讓她爭寵，又讓她離府帶髮修行，讓她遠離眾人視線，就是為了讓自己擺脫庶女的陰影。到頭來，妳是如了願，可憐欒姨娘，孤苦伶仃的在山上過苦行僧的生活，妳可真是忍心！」

找到欒姨娘後，欒姨娘一句多餘的話也沒有，每日只知唸經。這些話多半是顧晚晴猜的，可看著顧明珠的神色，顧晚晴覺得自己猜得八九不離十。

「這些都是我自己的事情！與妳何干？」顧明珠盛怒之下倒也有七分氣勢，「妳到底想怎樣，不妨直說了吧！」

顧晚晴也沉下臉來，「這些的確與我無關，但顧家的事呢？妳出賣顧家向鎮北王示好，使祖傳典籍有失，妳是顧家的叛徒！我身為顧氏天醫，妳說，我該不該治妳！」

顧明珠突然冷笑一聲，「妳到底是為了典籍一事治我，還是因為世子的事一直記恨在心，妳自己清楚！妳心中恨我得到王爺的信任，又怪世子對妳不理不睬，發作不了他們，便只能威脅於我！妳為何不想想當初聶清遠為什麼執意退婚？為什麼妳與世子肌膚之親過後，世子仍對妳漠然以對？全是因為妳刁蠻跋扈不可理喻！偏偏妳自己不知反省，還要旁人個個依妳順妳，妳真當自己是什麼了不得的人物？妳只是命好！占著一個好出身，否則……」

「否則如何？」顧晚晴驟然起身，「否則這天醫根本輪不到我來做，對嗎？」

對於顧明珠的指控，顧晚晴根本不放在心上，她自己知道，或許顧還珠當真是個刁蠻的姑娘，但她不是！她已做了幾年的「顧還珠」，有眼睛的人都看得出她的改變，只有顧明珠，執著著以往

的舊事。

「那是自然！」顧明珠不知是氣是怒，臉色慘白的嚇人，「明明是妳自己私心作祟，何必再找諸多理由？不錯，我是向王爺透露了典籍所在，但我並未獻上典籍，只允許他們抄錄，時值我顧家艱難之時，以此換取王爺的信任有何不對？」

顧晚晴早已怒極攻心，聽到這裡再不克制自己，掄手「啪」的給了顧明珠一個耳光，「如果妳是天醫，隨便妳將顧家敗個精光！但現在我是天醫，妳背著我做事，就不行！」

# 第一百零七章

# 【真心】

顧明珠不知是被這一耳光打懵了還是怎麼，半天沒恍過神來，好一會，情緒才漸漸平復，再不見剛才那樣的怒火了。

「妳究竟要怎樣，才肯放了樂姨娘？」

「很簡單！」顧晚晴緊盯著她，不讓她有任何反擊的機會，字字清晰的說：「我只要妳拒嫁袁授，以死明志！」

顧明珠怒容又現，「不可能！」

「那妳就等著給妳娘收屍吧！」顧晚晴逼近一步，「妳可以試試，看我敢不敢！」

「妳……」顧明珠咬了咬牙，「何必呢？我們完全可以共處，將來相互扶持，若世子真有登基為帝的一天，憑我們的能力，定能將後宮牢牢掌握在手。我們都需要盟友，自己一個人，是成不了大事的。」

顧晚晴冷笑一聲，「場面話誰都會說，妳認為妳在我背後動作頻頻，這些年與袁授暗中通信之事我全不知情？表面上與我親熱有加，背地裡就讓丫鬟在外毀我名聲，妳這人前一套、人後一套的虧我吃得夠多了，妳還想讓我相信妳？」

顧明珠也笑了，「說到底，妳還是為了世子一事心有不甘，但這事並不是我能操控得了。不錯，我的確與世子暗中聯繫多年，但妳也見到他現在變成了什麼樣子？對我也沒有另眼相待之意，況且我是王爺許給他的，他對我只會更加防範。」

「倒是妹妹，妳畢竟是世子的救命恩人，在他心裡，始終是承著妳這份情的，現下不過是見面時間尚短，只要假以時日，相信世子對妹妹定能寵愛有加，至於我，不過是得了一個名分而已。有朝一日世子成為太子，妹妹還怕無法正名？做個良娣也是綽綽有餘的。再等世子登了基，不受王爺制挾之時，別說貴妃、皇貴妃，就算是皇后，憑妹妹與世子的情誼，也是唾手可得的。」

「聽起來可真是一條光明大道。」顧晚晴驟然斂起笑容，「不過，妳恐怕是想不得了！」說著，她將手中一物狠摔至地上，頃刻間玉碎紛飛，正是樂姨娘的那只鐲子，「妳說我是為了袁授為難妳，妳只管這麼認為。我的決定是不會更改的，還有五天，怎麼做，隨妳！」

顧晚晴說完轉身就走，走到門口時頓了頓步子，「忘了和妳說，最近折騰的……樂姨娘的身體不太好，我可不敢保證妳拖得太久她不會出什麼意外，到時候，就算妳依了我的話，也未必能見到她了。」

說實在的，顧晚晴對拿捏顧明珠總是欠了些信心，如果顧明珠狠心之下真的不管樂姨娘了，她也沒轍，總不能真把樂姨娘弄死洩憤吧？

所以現在只能賭顧明珠的良心，看她是要親娘，還是要自己的前途。

至於已洩露出去的典籍內容，這個也是毫無辦法，只能便宜鎮北王。還得防範著他得隴望蜀，畢竟分籃裝蛋的道理誰都明白，鎮北王怎麼可能不知道顧家另有秘密？

而對於顧家來說，失去六分之一的典籍不算什麼，可若是所有典籍都被鎮北王抄錄到手，那顧家還有什麼繼續存在的理由？這個可能，顧晚晴不信顧明珠沒有想到，但她還是這麼做了，這絕對觸到了顧晚晴的底線！

回到房裡繼續躺著看書，沒一會青桐過來說顧明珠走了，臨走前也沒動地上的那些碎玉。說完，青桐面上浮起一絲擔心。

青桐和冬杏就在顧晚晴身邊，每天跟進跟出的，有什麼事想要完全瞞住她們兩個幾乎是不可能的。所以對於顧明珠一事，顧晚晴並沒有刻意隱瞞，當然也沒有主動解釋，就任她們去猜。以青桐的觀察能力，估計已猜了八九不離十；冬杏嘛，那丫頭太老實，應該還沒有了解太多。

不過，對於暗中與袁授和葉氏夫婦聯繫一事，顧晚晴是瞞得死死的，尤其在顧明珠這事出了以後，更堅定了顧晚晴保住葉氏夫婦的決心，如果有一天有人拿葉氏夫婦來威脅她，不用多加考慮，她什麼都會答應的。而青桐她們頂多猜到顧晚晴在外另有勢力幫著做事，卻不知道是誰。

當天晚上，顧晚晴很早就休息了，她沒有讓丫鬟守夜的習慣，便早早的打發冬杏和青桐出去。可等躺到床上，她又睡不著了，腦子裡想的都是顧明珠的反應，連帶著又不可避免的想到周氏，對於周氏主動提供線索一事，顧晚晴百思不得其解。

這一想，不知多久過去，正當顧晚晴也開始有點迷糊的時候，忽然聽到窗子響了一下，而後便覺幔帳輕動，有風吹進屋裡。

有人！

顧晚晴一緊張，馬上又放鬆下來，是袁授吧？

顧晚晴繃著神經等了一會，聽著窗子開了又合，又聽到輕巧的腳步聲走到床前，隨後幔帳被人由外掀開。顧晚晴看到一個熟悉的身影，終是放了心，緩緩的吐出一口氣。

顧晚晴是睜著眼睛的，她以為袁授知道她是醒著的，可等了半天，袁授也沒什麼動作，她這才察覺夜燈是點在外室的，無法照明到內室，她又是睡在帳內，太過昏暗，他根本沒發現她是醒著的。

出於好玩的心態，顧晚晴合上了眼睛裝睡，感覺到幔帳掀動帶來的微弱風拂，又感到腿旁一擠，偷偷睜眼去瞧，便見袁授坐在床尾處，一腿在床上盤著，一腿垂在床下，靠在床柱上，保持著這個姿勢很久，一動也沒動。

這是幹嘛？雖然看不見，但顧晚晴感覺得到他正在看她，他應該看不見吧？可她卻感覺到他目光的炙熱，讓她心生不安。

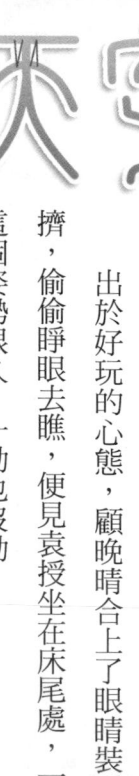

這太詭異了！顧晚晴在心裡告訴自己應該馬上「醒」過來抓他個現行，再狠狠的糗他一頓，可身子就是不聽使喚。在這小小的幔帳之中，黑夜和寂靜放大了許多平時忽略的聲音，顧晚晴可以清楚的聽到他的呼吸聲，和她自己的心跳聲。

此情此景，似曾相識……顧晚晴努力的平復著情緒，可越告誡自己不要想，那段狂亂的記憶越會鑽進她的腦子裡，本來一些模糊的記憶不知怎的慢慢變得清晰起來，其實他們那晚並沒有什麼抱著滾出房間的戲碼，由始至終，他們都是在床上，肌膚相親……

別再想了！

顧晚晴猛然坐起身來，捂著自己越加發燙的臉頰看向袁授，等著看他嚇一跳，可等了一會，袁授仍是一動不動的，顧晚晴又貼近了些，竟然聽到了均勻平緩的呼吸聲從床尾傳來，他睡著了？

大老遠的跑來，他是來這裡睡覺的？

顧晚晴當即挨近仔細看了看，沒錯！的確是袁授，他也的確在睡覺。

「喂……」顧晚晴的聲音比蚊子大不了多少，她還在為自己剛才的旖旎思想而深刻反省著。

袁授沒有反應，頭又朝旁邊垂了垂。

顧晚晴沒再叫他，按理說，他習過武，早先的經歷也讓他的警覺性比一般人要高，他應該早就醒過來才對，可現在他的呼吸聲越來越規律平緩，顯然已是睡熟了。

他很累吧？顧晚晴單手支著下巴對著他，看著他的輪廓。

自重聚後，他們一直沒有好好的聊過，對於這四年間發生的事，他也只是簡單的一言帶過，但可以想像他過得有多不容易。不說別的，他之前的世界那麼單純，他甚至只需要喜怒兩種情緒，可現在，在他爹面前他要演戲，在背地裡他要扶植自己的力量，還要將他娘給他的東西暗中消化……這其中的任何一件事都不容易，可他做得都很好，他的壓力可想而知。

或許她那天不該那樣直白拒絕他的。

顧晚晴感到有些後悔，在他心裡，定然是希望有人能陪著他，讓他可以不用演戲、不用算計，可以徹底放鬆的面對，而她卻狠心的拒絕了他。

顧晚晴反省自己是如何傷了他的心，後來迷糊睡了過去，再睜開眼，袁授已不在了，讓她更是錯愕！

她以為袁授來找她定是有事情的，就算不小心睡了過去，等睡醒了也是一定會叫醒她的，可都沒有。他就這麼走了，好像他根本沒有來過！

整整一天，顧晚晴的精神都有點恍惚。

又到晚上的時候，因為前一天沒有睡好，她躺到床上就睡了過去，想撐也撐不住。可次日清晨，她醒來的時候，見到事先撒了香灰的地上多了幾個腳印。

他又來過了！

顧晚晴至今也想不通在地上撒香灰的舉動究竟是出於什麼心態，她那時只是覺得自己撐不了整晚，又怕他像前一晚一樣，不告而來、不告而別，她想，就算他不叫醒她，但至少她要知道。

他到底為什麼要來呢？來了什麼也不說一聲，只是坐在床尾睡一會。顧晚晴想到之前她認為沒有聯繫的那麼多日日夜夜——他以前也這麼來過嗎？

不知怎麼，想到他以前也可能這麼靜悄悄的來過，也可能這麼坐在床尾看她，顧晚晴心裡就有點不對勁，有點慌。可究竟是什麼感覺又說不清楚，想著想著，整個人又惱怒起來，覺得都怨他！幹什麼這麼神神秘秘的？今天晚上她定要問個明白！

這麼想著，心裡又開始慌了起來，或許不用問，她也知道答案。

如果……如果他是認真的呢？如果他並不是在尋求依賴，如果他根本沒有混淆內心的感受……她還能像那天那樣義正辭嚴的拒絕嗎？

這實在是難熬的一天，下午的時候顧晚晴強迫自己睡了一覺。

這舉動在一些小丫鬟的眼裡不可思議極了，都說六小姐這也太放鬆了，還有三天就是婚期，聽說五小姐那邊都忙瘋了，她這倒好，沒人給她張羅，她自己也躲清閒，還睡覺！

顧晚晴是不理別人說什麼的。對於顧明珠這兩天沒什麼動靜的事也沒有過分擔心，反正結果不外乎就是兩個，要嘛同意，要嘛不同意，如果顧明珠真的放棄欒姨娘，選擇嫁給袁授，那麼她也不用再理會什麼底線的事了，對於一個連親生母親的生死都可以不理的人，還講什麼遊戲規則？

又是一個晚上，外邊天一黑，顧晚晴就早早打發青桐與冬杏去休息了。她獨自在房間裡緊張，應對的方案不知道想了多少，菊花茶喝了幾壺，終於在子夜時分，窗外又傳響動。

顧晚晴就是等著袁授來的，所以也沒有熄燈，袁授從窗子進來後，她不自覺的又緊張起來，抬手打個招呼，「呵呵，我今天沒睡覺。」

說完，她想掐死自己。

袁授的表情看起來怪怪的，不知道是被她詭異的舉動嚇著了還是怎麼的，看了她半天，淡淡的笑了笑，「沒睡也好。」

顧晚晴很不習慣。

不管什麼時候，袁授與她私下在一起的時候都會笑得很燦爛，就連上一次被她拒絕，事後也是笑著送她走的，什麼時候露出過這樣的笑容？明明是笑，可透著點點的難過。

這是怎麼了？

顧晚晴想問，可她話還沒到嘴邊，便聽袁授又說：「我今天來，是送妳走的。」

顧晚晴茫然了一下，「走？」

袁授微一點頭，「對，離開京城。」他說話的時候沒有看著顧晚晴，只是扭著頭，目光在屋裡不斷巡視。

「妳不用收拾什麼東西，都安排好了。我本來是想等我們成了親再送妳走的，但後來又覺得那樣也不好，還是提前一點，這幾天妳讓人在屋裡假裝妳還在的樣子，成親的時候空轎子抬過去，我讓人接應，還能再瞞個幾天，到時候妳也應該走遠了。我也不知道該將妳送到哪好，我怕妳不喜歡關外，所以安排了兩條路線，一條北上，一條南下。南邊現在戰事很吃緊，不太安全。但如果……妳想去找傅時秋……」

「我和妳說過我給顧明珠回過一封信，因為她在信裡會寫一些妳的近況，可有一天每月一封的信突然斷了，我等了兩個月，就給她回信，問她為什麼沒再寫信來。我應該直接寫信給妳的，但是妳一直和傅時秋很好，我想我不應該寫信給妳，我知道，你們的關係一直很好……如果妳想去找他，我送妳去。」

他這段話說得很急，內容也雜亂無章，可顧晚晴卻聽得萬分揪心，原來他早已有了決定，原來在她拒絕過後，他就決意送她離開。這些天他來看她……他是在用自己的方式，向她告別。

# 第一百零八章

# 【決定】

「我走了，你怎麼辦？」顧晚晴的思緒有點亂，想了半天，才想出這麼句話。

她這次離開不像上次，打著刺客的名義，和袁授是沒什麼關係的，也不至於牽連顧家。可這次是明目張膽的潛逃了，袁授幫她隱瞞的事定然瞞不過他身邊的奸細，到時候，鎮北王懷疑他不說，或許還會牽連出他隱藏的一些東西，比如說他暗中的勢力，和王妃扶植他的力量。

「我自然有辦法應付。」袁授說罷又似恍悟，「妳也不用擔心顧家，有母妃說話，父王不會遷怒的。」

顧晚晴沉思良久，最終還是搖了搖頭。

其實她可以走的，她相信袁授會把她和葉氏一家安排得好好的，離開京城，從此海闊天空。只不過，這樣她是自由了，袁授呢？一旦王妃為顧家說話，以哈氏在鎮北王心中的地位，的確可以不追究顧家的責任，但鎮北王怎會想不到這是出於袁授的授意？

如此一來，袁授之前的隱藏偽裝全都白費了心血，這四年來的努力毀於一旦……而面對他的一片真心，她就是這麼回報他的嗎？

「我現在還走不了。」不管是基於什麼心理，顧晚晴到底還是拒絕了，「有件事我還沒對你說，如果一切順利，你或許將會失去一個側妃。」

靜靜的聽顧晚晴講完大致的經過，袁授沒有過多的神情，「反正我那院子裡都是探子，多她一個不多。妳現在把她留在顧家，妳將來……怎麼能安心離開？」

顧晚晴最聽不得他說這樣的話，顧明珠對她而言是麻煩，對他難道就不是嗎？為什麼他非得要把所有麻煩攬上身？就只為了還她一個想離開的願望？

看著他略顯清減的雙頰，想著他這幾天晚上的舉動，顧晚晴突然明白了。

他是不想逼她，他寧可自己吞下所有的不甘與委屈，也不要逼她。他在保護她，像以前一樣，誰要碰她，他就要衝上去咬人。

「一切等……我們成親後再說吧！」顧晚晴低著頭，「把我爹娘接回京城來吧，出嫁之前我還想再見見他們。」

袁授的雙脣動了又動，很小心的求證，「妳現在真不走嗎？如果妳想南下，我真的可以……」

「你也說南邊很亂，我南下做什麼？」想著剛剛他語無倫次的樣子，顧晚晴又好氣又好笑，「我和傅時秋的關係的確不錯，但是……」

想到傅時秋，她心中難免有些感慨，低嘆了一聲，「如果天下太平，說不定我們會在一起的，但是天不從人願，我們已經是錯過了，我現在只希望他能平平安安的過完一生，不要參與到權力的鬥爭中去。」

「也就是說……」袁授想了想，唇角隱隱有些上翹，他馬上轉過身去，繼續打量屋裡的擺設。

顧晚晴失笑，「你笑什麼？」

「我沒笑。」他回答的又急又快，人也往窗戶移動，「我得趕快回去安排乾娘回京的事……」

顧晚晴看著他開窗翻了出去，突然又聽到外頭傳來一聲驚叫，聽聲音像是冬杏。

顧晚晴連忙開門出去，喝止住正往牆頭丟石頭的冬杏。冬杏揮著手，「小姐快進屋！有小偷，我剛才打中他的頭了。」

顧晚晴微汗，這姑娘別看她瘦弱，當真剽悍。

因為這個插曲，顧家上下第二天就組織了大規模的搜索隊伍，先是巡查有無內賊的可能，然後又提高了安全等級，所有有可能翻過來的矮牆上都倒插了碎瓷片。現在還是冬天，特別方便，頭一天晚上拿泥水和上，第二天早上就凍得死死的了。

另外，警戒力也加強了，家丁巡邏隊由原來的一隊五人、一個時辰一巡，改成了一隊八人、半個時辰一巡，還給各個院裡發了銅鑼，一旦有事就敲打，聽見鑼聲的也要統統起來敲鑼，爭取以點帶面，全方位的把小偷嚇傻。

顧晚晴那裡自然是被重點招呼了。巡防隊長特別囑咐顧晚晴要看好嫁妝。

其實她哪來的嫁妝？就是備了一些空盒子充門面，根本連東西都懶得裝。

看這架式，袁授再想「偷偷的進村」是有一定困難了，尤其他還受了傷，估計成親前都看不著他了。

顧晚晴這兩天的關注重點是顧明珠那裡，不過直到出嫁前一天，那邊還是沒什麼動靜。顧晚晴正琢磨著顧明珠是不是真放棄了的時候，早就被打發回去的晴雙過來求見。

自從上回在顧晚晴這兒被諸多關照後，晴雙算是老實不少。

「有什麼話就說吧。」顧晚晴看著晴雙手背上還沒消去的紅腫，對青桐越發的刮目相看。

青桐這姑娘，平時溫溫柔柔的，真要整治起人來，卻是丁點也不手軟，說出去又怪不著她，那都是晴雙自己澋的。

晴雙對著顧晚晴連頭也不敢抬，「我們小姐讓我來問問六小姐可還有什麼要準備的？只要不是什麼特殊的物件就不用準備了，她那都有，讓六小姐安心出嫁就好，不用為這些事操心。」

「她是這麼說的？」顧晚晴點點頭，「妳去回她，就說讓她也不用擔心，我給她的禮物也備著，等明天過後，就給她送去。」

晴雙走後，顧晚晴也不禁好奇，顧明珠要用什麼方法拒嫁？她一定在想一個萬全之策，不知道面對鎮北王的強勢，她要怎麼做才能安然脫身？

雖然顧晚晴這邊沒人幫著張羅嫁妝，但畢竟是顧家的女兒出嫁，喜娘喜婆什麼的還是有的，只不過她是嫁過去為妾，一切從簡，喜娘喜婆也都很清閒，到了晚上才到她這報到，準備明天一早陪著顧晚晴出嫁。

不過畢竟是要成親的人，事情特別多，在顧晚晴準備就寢之前，顧長生來訪。

顧長生這次來顯然不是為了看她的，進屋之後就把一個木匣放到她面前，以半命令的口吻說道：「這個，妳必須收下。」

顧晚晴認得這匣子是周氏之前要給她的那個，當時她沒有帶回來。打開匣子，顧晚晴詫異的發現匣子裡的東西又多了，好笑的抬頭，「怎麼？她以為我不收是嫌東西少，所以把你那份也貼補給我了？」

顧長生從來都是面無表情的，「不！我那份還在，多出來的東西已是她傾其所有，她只是想對妳一盡身為母親的責任，妳不該拒絕。」

其實顧晚晴並沒有拒絕周氏的意思。當初沒拿，一是覺得自己並不需要嫁妝，二是覺得周氏生活也不寬裕，尤其在府裡的人對她都有偏見的情況下，她多留些銀子傍身也是好的。

不過經顧長生這麼一說，顧晚晴倒也有所頓悟，她之前一直奇怪周氏為什麼會那麼痛快的提供了樂姨娘的線索，原來不是周氏想得多涌透，恐怕她只是基於對女兒的關心，才會暗中留意自己的一切，一旦有事發生，她才能如此迅速的反應。

顧晚晴又不禁想，當初她留下樂姨娘的鐲子，到底是因為在水月庵找不到樂姨娘無法交還，還是一早就已察覺自己和顧明珠終有一天會翻臉，才有意留下鐲子，以防將來的不時之需？

無論是哪種，顧晚晴此刻都感覺到了周氏對自己的那份關懷，或許很淺很淺，但畢竟是關懷著。顧晚晴也試著理解，一個把自己剛出生的女兒送走，換了個兒子的女人，在她的心裡，會真的忘記自己的女兒嗎？

現在看來，顯然沒有，但她無法表達，也沒有顏面去表達。

這就是感情吧？說起來簡單，實則無比複雜。

顧晚晴不由得想到了她與葉氏夫婦的感情，似乎一切都那麼自然，好像他們與生俱來就是她的親人一樣。

而傅時秋呢？他們之間甚至沒有真正的提到「在一起」這個話題，從一開始，他們之間就波折重重，而他們也都沒有強求，順其自然，這麼一順，便是天涯各一方了。

還有聶清遠……在這種情況下會想到他，顧晚晴自己都覺得有點奇怪，只是覺得他畢竟曾是她名義上的未婚夫，其實他們在一起的機率才應該是最大的。

但事情發展的方向永遠讓人摸不著邊際，他抗拒她，又幫助她，如果沒有穿越這回事，可能他早已經娶了顧還珠，或許會吵一輩子的架，也或許會在婚後生活中漸漸發現她的好處，反正不會像現在這樣，兩個人似有若無的牽扯在一起。

除了他們……就是袁授。

顧晚晴現在很難說清她對袁授到底是一種什麼心態。如果說第一次重逢是心涼，第二次見面是驚喜，那麼之後的日子裡，她一直是把他和以前的阿獸相互重疊的，信任他、不自覺的想護著他，都是因為她還把他當成山上的那個孩子，那個為她的高興而高興、為她的難過而傷心的阿獸，她一直覺得這樣是沒問題的，可有一天她卻發現，原來一切早已不同了。

他沒有變，但他長大了，他不再是那個受了委屈就哭、高興了就往她身上蹭的野小子了，他現在，是個男人了。

懷著複雜的心情，顧晚晴漸漸睡去，好像才閉上眼睛似的，外頭就有了響動。那兩個喜婆雖是壓低了聲音，但動靜還是足以讓她聽到。

「卯時了，快讓小姐起身著裝吧！」

## 第一百零九章

# 【成親】

起床、著衣、梳妝。

顧晚晴以前看多了電視劇裡的大紅嫁衣，而今天自己卻穿著一身粉紅色的衣裙，連蓋頭都沒有，也算成親了。

按規矩，她和顧明珠都是從顧府嫁出去，按著名分分先後，先是該顧明珠出閣、亮嫁妝之後，才該是她。所以雖然起來很早，但離真正出閣的時間卻還遠著。

她現在是不能亂走的，只能在屋裡等時間。所幸位分低，連帶著要求也沒那麼高，不興一天不吃東西那套，不過還是把冬杏和青桐忙個半死，就怕忘了什麼東西沒帶過去，拚命想給顧晚晴那勉強湊出來的十八抬嫁妝裡再多添點東西。

顧晚晴就坐著犯睏，等她出門的時候，顧明珠的花轎都出門一個多時辰了。

算算時間，顧明珠應該已經到了鎮北王府。鎮北王現在一家住在宮裡，但那是打著方便政務以求儘快解救聖上的旗號，真要辦什麼自家的事情，還是得在王爺府，這是為了防止有人趁機生事，說鎮北王目中無主什麼的——雖然這是事實，但在鎮北王沒有正式登基之前，盜鈴還須掩耳。

因為是王府辦喜事，就算是一個妾室，也是乘著四人抬的轎子。因離前頭太遠的緣故，顧晚晴這邊根本聽不到什麼喜樂吹奏，但圍觀的百姓還是不少，一直到鎮北王府，路邊看熱鬧的人就沒有斷過。

顧晚晴到了鎮北王府後是從側門而入，之後便被送到了一個單獨的院落，倒也張燈結綵的，有點熱鬧的氛圍。

顧晚晴現在琢磨的盡是顧明珠的事。按理說，顧明珠現在應該有所行動了，可因為她現在行動受限不方便打聽消息，所以暫時收不到風聲。

喜娘、喜婆一直陪著她到了晚上，才有兩個四十多歲的嬤嬤過來接手。這兩個嬤嬤穿戴得都很體面，不像是普通的下人。顧晚晴問了問，果然！一個是王府的管家娘子，一個是二公子的乳母，都是劉側妃派來照應她的。

對於劉側妃這個拉皮條的，顧晚晴再興不起什麼好感的念頭了，所以對這兩個嬤嬤也只是盡了禮數，並未怎麼熱情對待。倒是二公子的乳母陳氏，轉著彎的向顧晚晴打聽顧明珠是不是有什麼隱疾，顧晚晴才有些覺出味來，看來顧明珠是真的出事了。

顧晚晴自然一問三不知把自己推個乾淨，再打聽，那管家娘子才支支吾吾的說：「世子側妃不知何故在花轎內昏迷不醒，天地都沒拜，直接抬進府來的，王爺已召了御醫前去診治，還沒什麼結果。」

聽到這裡，顧晚晴心中哼笑，顧明珠倒也會打擦邊球，她的要求是不讓她嫁給袁授，人家就來這麼一齣，沒拜堂，自然不算嫁了，但人又已在鎮北王府，這麼一來，名分問題就很難說清了。

還有鎮北王，顧明珠無故昏迷，他應該一早叫她過去醫治才對，但偏偏他就是不找她，說明他心裡不是沒有懷疑，而劉側妃派這兩個嬤嬤過來，應該純粹是為了打探口風，以求立功。

打發走了這兩個嬤嬤，顧晚晴就寬衣就寢了，她以為在鎮北王眼皮底下，袁授就算裝也得裝幾天冷淡的，可沒想到，她才躺下，袁授就過來了。

青桐和冬杏連忙又掌燈又幫顧晚晴套衣服。顧晚晴揮手打發她們出去，指了指外室的桌前示意袁授坐下，自己則扣好了夾襖的盤釦，這才出來。

袁授正打量著屋裡清一色的粉紅顏色，回頭看見她，指著她素淨的面孔和打散的長髮，有點好笑，「今天這種日子哪有人這麼早入寢的？」

「反正我也是閒著。」顧晚晴迫不及待坐到他面前，「快給我說說，顧明珠怎麼樣了？還昏著嗎？」

「醒了。」袁授的手肘支在桌子上，手托著下巴，「剛才來了個尼姑，說她是仙女下凡不該締結凡緣，否則會遭天譴，如果她能回歸佛前，則會保我大雍和泰昌隆。之後那尼姑拿出一尊佛像放到她床頭，她就醒了，然後就跟著尼姑走了，說是去水月庵帶髮修行了。」

可真能扯！

顧晚晴撇撇嘴，「仙女下凡？她可真能吹啊！」

袁授感同身受的點點頭，「不過父王挺不甘心，只說是讓她先去靜養一段時間。」

「所以欒姨娘還不能這麼早還給她。」顧晚晴搖搖頭，「其實她可以想個理由跟她娘離開京城，何必還留戀在這？」

袁授突然就沉默下去，笑了笑，沒說話。

顧晚晴說完剛剛那話也有點後悔，總覺得有點站著說話不腰疼的感覺。每個人追求的目標都不一樣，以顧明珠的性格，能放棄到手的榮華已屬不易，雖然仍有和稀泥的嫌疑，但不這麼做，就不是顧明珠了。

她自己也是一樣，要她怎麼隨遇而安都行，一點小委屈她也可以不在乎，但碰了她在乎的人，就不行。

「唔……你今晚怎麼辦？留在這？」

袁授向身後一指，顧晚晴才看到門旁的小几上堆著一疊公文，顯然是有備而來。

「妳先睡吧。」袁授起身伸了伸腰，把那些公文拿到書桌上去，「我睏了就在躺椅上睡。」

顧晚晴想了想，低頭回內室去了。她還是少發表點意見的好，尤其在只有一張床的情況下。

不過再回到床上，顧晚晴怎麼也找不著剛才的睡意了。

內室是熄了燈，但外室的燈光還是有一些透進了間隔的紗簾，她藉著這點光線看著牆上貼著的喜字和滿室的喜慶，突然覺得很搞笑，誰見過這麼過新婚之夜的？但話又說回來，嫁一回人，天地不拜，蓋頭沒有，連合巹酒都欠奉，難怪沒什麼新婚氣氛了。以後她要是再嫁人，一定得什麼都備得足足的……

大概是今天起得太早，顧晚晴也沒撐多久就睡了過去。半夜她覺得口乾，起身倒水的時候看到外頭的燈還亮著，便披著夾襖從紗簾中半探了身子出去。本來聽著外頭沒動靜，她以為袁授睡著了，想看看他要不要加床被子什麼的，可一看之下，袁授還坐在書桌前炯炯有神呢！

聽到聲音，袁授抬起頭來，微怔，「怎麼，吵著妳了？」他說著，吹熄了案上的一盞燈，光線頓時暗下不少。

「沒有。」顧晚晴過去幫他把蠟燭點上，又把桌上的另一盞燈移得更近些，「光線這麼暗，很容易傷眼睛，如果不是很重要的東西，明天再看吧。」

袁授笑了笑，本坐得挺直的身子也歪了歪，倚在座椅扶手上，兩指夾著一本公文輕抖一下，「倒不是什麼重要的東西，不過，這些人說話都七繞八繞的，太複雜的意思我一時間還無法全部了解，只能私下裡多做功課，以免有人覺得鎮北王世子太過愚笨，一些簡單的道理都不明白。」

顧晚晴看了一眼那攤開的公文，上面已有批示，可袁授面前並未備下筆墨，想來是鎮北王早批示好的，他拿來看，只是想增加自己的處事經驗。

這樣的日子他過了多久？人人都知道他是鎮北王世子，更有八成以上的可能會成為未來的太子，身居要位，容不得他犯錯。可有誰知道他為此付出了多少心血？

他這段時間的表現讓顧晚晴都差點忘了，他接觸正常的社會剛剛四年，只有四年的時間，他從一個不會說話、無法與人溝通的「小野人」，變成了一個可獨當一面的男人。這話說起來簡單，但融入社會不是綁頭髮，不是用勺子吃飯，不是只要付出努力就能得到同等回報的事情，但他一切都做得很好。

「怎麼了？這麼看我。」

顧晚晴回過神來，輕笑，「沒什麼，只是想到以前你學著用勺子的時候，也是這樣偷偷用功，沒兩天就用得很好了。」

袁授偏著頭想了想，好一會才說：「我現在不用勺子。」

顧晚晴以目光詢問，他的眉眼瞬間彎成兩道彎月，「因為是妳教我的，所以我不在別人面前用勺子。」

顧晚晴差點失笑，「那你喝湯怎麼辦？」

他認真的看著她，「不喝！」

顧晚晴突然就說不出話了，怔怔的看著他，猛的覺得他對她的付出，或許比她想像中還要多得多。

「妳去睡吧。」袁授再次把蠟燭逐個吹熄，「反正這也不是一天能看完的。」

顧晚晴點點頭，進內室拿了床被子給他，這才又回床上睡覺，連水都忘了喝。

迷迷糊糊的過了一晚，顧晚晴是聽到外室的響動才睜眼的，叫了青桐進來，得知袁授早就走了，外頭的人都是來收拾屋子的。

顧晚晴洗漱過後走出內室，便見六、七個小丫鬟在一個嬤嬤的指揮下搬東西，那嬤嬤她竟認得，是袁授的乳母，王妃身邊的宋嬤嬤。

見到顧晚晴，宋嬤嬤帶著那幾個小丫鬟給她見了禮，和善的笑著，「世子成了家，王妃擔心夫人有什麼不明之事沒處去問，就吩咐我過來服侍。」

顧晚晴大喜，從袁授把之前那麼秘密的事交給宋嬤嬤就知道，她是值得信任的人。

「這是在做什麼？」

宋嬤嬤欠著身子回道：「回夫人的話，世子早上交代的，讓人把這一屋子的喜慶都撤了，他說這顏色，他不喜歡。」

顧晚晴心中微動，不再問話，又依著宋嬤嬤的意思吩咐了那些丫鬟繼續收拾，看著屋裡的粉紅換成了一片素雅。

「夫人已知道了顧五小姐的事？」

顧晚晴略一點頭，聽著她對顧明珠的稱呼，知道鎮北王府終究還是沒有承認這個側妃媳婦。

「王爺之前只許給小姐貴妾之位，是因為世子不可能有兩位顧家的小姐同時做側妃，現在顧五小姐求仙問鼎，怕是不會再與凡世結親了。王妃的意思是，在前年便把夫人扶做側妃，要夫人安心陪伴世子，不必為這些瑣事擔心。」

宋嬤嬤的話讓顧晚晴微感驚訝，王妃讓宋嬤嬤來傳話，想來側妃一事她是成竹在胸，不怕鎮北王反對的，那別人呢？

顧晚晴一直覺得王府是由劉側妃在主事的，像世子側妃這種位置她定然也有打算，難道王妃要重新振作，開始主持府中大局了？

見顧晚晴沒有即刻回答，也沒什麼興奮的表現，宋嬤嬤臉上的笑容又加深了些，繼續囑咐道：

「不過夫人是世子的第一個妻妾，難免受人矚目，七王妃昨日派了個管事嬤嬤過來，說是要替世子妃提前熟悉情況，所以這院子裡，有我和吳嬤嬤兩位管事嬤嬤，暫時是不分高低的。」

顧晚晴點點頭，也聽出了宋嬤嬤的意思。

這個什麼吳嬤嬤，就是提前來管教她的吧？

正想著，一個身形削瘦穿著錦緞夾襖的嬤嬤帶了兩個丫鬟進來，進門後先是打量了顧晚晴幾眼，而後不發一言的抬了抬手。她身後一個端著托盤的小丫鬟便走上前來，托盤上的瓷碗裡不斷有熱氣蒸騰而出。

顧晚晴在大長老身邊接受了四年教導，片刻不敢放鬆，對醫理藥理已有了一定的研究了解。此時隨著那小丫鬟的走近，她皺了皺眉。

無須查看，只憑散發出來的味道她便知曉，那瓷碗中裝著的定是藏紅花無疑！

# 第一百一十章

# 【側妃】

顧晚晴看著眼前的暗色湯藥半晌沒動。

吳嬤嬤見狀，冷聲開口道：「這是『落蒂湯』，夫人也是大家出身，應該懂得規矩，請服了吧。」

所謂的規矩，無非是正室入門前不准妾室生養，以保證嫡子的地位。顧晚晴微微低頭嗅了嗅那碗藥，判斷裡面只有藏紅花一種藥物，並未加入其他藥材，但從藥味濃重，可見藏紅花的分量下得不輕。

藏紅花是一味珍貴的藥材，氣味甘，無毒，活血化瘀，散鬱開結，寬胸膈，開胃進飲食，久服有滋陰美容之效，對女人而言可謂是美容佳品。

不過功效再好，它畢竟還是藥，如果沒有瘀結之症的人隨意服用藏紅花，則會容易引發破血之症。又因為藏紅花的活血功效十分強大，另對子宮有所作用，可致子宮興奮收縮，故而在經期、孕期或有出血症狀時是要避免服用的。

正因此藥對孕婦的作用顯著，藏紅花的墮胎功效便被放大，與水銀、麝香一同被皇室收入避孕秘錄之中，若皇帝寵幸妃子、宮女後不欲留後，便餵食藏紅花，或以藏紅花煎水清洗下體，以達到避孕之效。

藏紅花避孕的說法由來已久，甚至連皇室也深信不疑，可實際上這並無什麼理論依據。醫書之中也並未明確記載藏紅花有避孕的作用，只是功效放大之下口口相傳使之更添神秘而已。

顧晚晴也對這一說法持懷疑態度，所以之前泰安帝在朝時雖也奉命配製過避孕藥丸，但鮮少用藏紅花，多用麝香或者柿蒂入藥。

「夫人難道還要我親自動手嗎？」吳嬤嬤再次開口，臉色已極為陰沉。

宋嬤嬤在旁並無搭話，看著顧晚晴的反應。

顧晚晴偏了偏頭，「嬤嬤可是受王妃之命而來？」

吳嬤嬤微愣，「不是。」

「那就是受了劉側妃之命？」

「也不是。」吳嬤嬤微揚起下頷，「我是七王妃派來的管事嬤嬤。」

顧晚晴安安靜靜的一笑，「嬤嬤既不是王妃派來的，也不是劉側妃派來的，那麼恕我不能從命，這藥，我是不會喝的。」說完，她又趕在吳嬤嬤開口前說：「我這會要去給王妃請安，嬤嬤可與我同去，如果到時王妃命我服藥，我不敢不從。」

顧晚晴說完，便示意青桐為自己拿斗篷。

吳嬤嬤面色更沉，橫身擋在門前，「我到這來是經王爺點過頭的，以後夫人院子裡的事，都須經由我手！」

「那嬤嬤更要與我同去。」顧晚晴自顧自的穿好斗篷，「讓王爺當面示下，讓我心裡有個譜，今後也可更加尊重嬤嬤。」

吳嬤嬤聞言微現怒容，「夫人可要打算好了，如此與我過不去，將來世子妃進了門，對夫人有何好處？」

顧晚晴不急不忙的反問：「世子妃尚未進門便對王府內務諸多干預，不知這對世子妃又有何好處？如今我並未為難於妳，只是妳身無王妃之命，拿了一碗藥性不明的藥物強行要我喝下，這是誰給妳的權柄？若我因這藥有個三長兩短，妳可能負責？我雖為世子貴妾，但身兼天醫之職，謀害朝廷命官一罪，妳可擔當得起？」

顧晚晴的話徐徐緩緩，卻讓吳嬤嬤一時無法應對，她動了動嘴，終是沒說出什麼，只是神色更見氣惱。一旁的宋嬤嬤接著顧晚晴的話笑道：「嬤嬤或許還不知道，王妃已許了夫人側妃之位，嬤嬤的藥，倒是可以省省了。」

顧晚晴站定了身子任青桐為自己繫好斗篷的繩結，與宋嬤嬤道：「先別說那事，現在我畢竟還不是側妃，遵規矩也是應該的，只不過，我現在到底還是個貴妾，剛剛嬤嬤見我時也行禮稱夫人，不過有些人卻把這規矩給省了，許是初來乍到的，還不熟悉王府的規矩吧？」

宋嬤嬤微微欠身，用眼角瞄著吳嬤嬤。吳嬤嬤無法，只得退開一步，稍躬了身子，送顧晚晴出屋。

顧晚晴離開自己的小院後便由宋嬤嬤領著直奔王妃的怡得園，如果今天要請安的人是顧明珠，那麼府中長輩會齊聚大廳等著喝媳婦茶，但顧晚晴只是個貴妾，故而不算是王府正式的媳婦。

等顧晚晴到了怡得園後，王府後院的人基本上也已到齊了。鎮北王與王妃、兩位側妃、幾個妾室，還有鎮北王的幾個兒媳婦都在，袁授就坐在鎮北王的左下方，看著顧晚晴步入花廳。

顧晚晴沒想到會遇到這麼大的陣仗，當下更為謹慎，因無須敬茶，分別與眾人見了禮後便轉至座席最末，低眉順目的垂頭不語。

雖沒有抬頭，但顧晚晴能感覺到許多目光集聚於她的身上，有一道最為凌厲，應是鎮北王。也是，他原意是要娶她，結果她成了他的兒媳婦。

劉側妃一如既往的熱絡，顧晚晴應著劉側妃的話，眼角瞄著低頭撥弄佛珠的王妃。如果不是聽袁授說過王妃的事，顧晚晴真要把她當一個失勢王妃了。

有劉側妃活躍過氣氛，大家顯得都有點放鬆，大公子的嫡妻金氏還特地與人換了位置，坐到顧晚晴附近，小聲與她說：「我最近總覺得不舒服，一會妳幫我看看？」

金氏大約二十三、四歲的年紀，身材微豐，臉蛋圓圓的看起來很是討喜。顧晚晴當下笑著點頭，金氏立時笑瞇了眼睛，「這可好了，我早想請妳來給我看看，可我們家大爺總說太麻煩，現在都是一家人了，可讓我撿著便宜了。」

金氏說話大大咧咧的，顧晚晴不由得失笑。

真難得！嫁進王府這麼久還能保持這麼開朗的個性，早聽說大公子的生母早喪，地位又不高，他總算是占著個長子的名頭，鎮北王對他還有些關照，只是他本身才華一般，性格又中庸，故而不被過於重視，連帶著他在府中也沒什麼地位，跟袁授是比不了的。

在袁授之前，出風頭的是劉側妃之子，二公子袁攝。

顧晚晴這麼一點頭，之前偷看她反應的幾房媳婦也都紛紛開口，一時間倒是熱絡起來。

跟著顧晚晴同來的吳嬤嬤此時的臉色不太好看，上前一步跪至廳中道：「老奴向王爺請辭，求王爺送老奴回七王府吧！」

鎮北王冷聲發問，吳嬤嬤便將早上的事說了一遍，倒也沒有添油加醋，只是道：「新夫人不信任老奴，認為老奴心存謀害之心，老奴唯恐連累七王妃名譽，故而請辭。」

此時大廳又恢復了原有的寂靜。顧晚晴靜靜的聽著，沒有絲毫表態之意。

鎮北王目現微諷，「那就命御醫院重開一副『安全』的湯藥給她喝吧！」

吳嬤嬤叩拜下去，再抬頭，面上隱含得意之色。顧晚晴仍是沒吭聲，低著頭，好像此事與她無關。

一直沉默的王妃突然開口：「世子年紀已經不小了，至今尚無子嗣，我與王爺都有些著急，反正顧家那五小姐仙緣深厚，空出了側妃的位置，不如順勢給她提了側妃吧，就無須再遵從這些規

矩，我與王爺心願得償，吳嬤嬤回去也好交差。」

從貴妾到側妃，這或許是一些人一生也無法超越的界線，可在王妃這，只是一句話的事。

其實不難預料，吳嬤嬤仗著自己是七王妃的人想要在鎮北王府說話，那也得看鎮北王府的主人許不許她說話。這裡到底是鎮北王府，管教妾室一事怎可由外人出面？更何況王妃早有話傳出，要給顧晚晴提側妃的，這種情況下，更沒有吳嬤嬤指手畫腳的分。

當然，這也不能怪吳嬤嬤，誰讓王妃的偽裝太過成功呢？她在誰眼裡都是一個不管事的主子。而劉側妃又是個副位，恐怕吳嬤嬤還不看在眼裡，她身後又有七王妃撐腰，自然而然的就覺得自己在這王府也有話語權了。

王妃的話顯然讓許多人錯愕！吳嬤嬤還沒緩過神來的工夫，鎮北王的頭已經點了下去，雖然臉色不太好看，但這面子到底是給了王妃。

同樣臉色不好的還有劉側妃，至於為什麼臉色難看，恐怕只有她自己知道。

吳嬤嬤更是吃了個啞巴虧，一肚子的氣沒處撒。正如顧晚晴所想，她實在是低估了王妃的作用，還一直以為之前說的提側妃的事不過是說說而已，畢竟側妃是要入宗牒的，所生子嗣也有繼承資格，王爺怎會這麼輕易就答應了？

這就是不知內幕的壞處！

最後聚會散去，頗有點不歡而散的意思，從頭到尾顧晚晴和袁授也沒說上話，只在臨走前對了一眼，讓顧晚晴看到他眼中的放心。

不用說，王妃會主動給她提側妃這事，也是出於他的授意了。

顧晚晴的地位驟然改變，與她親近的人便多了起來。大家都想得很清楚，一旦鎮北王從龍，那麼袁授就是太子，將來太子登基，太子側妃弄不好就是一個貴妃乃至皇貴妃的名分。她們都是年紀相當的人，將來的日子還長得很，自然是不可得罪的，現在混個臉熟，將來自有她們的好處！

《天字醫號04》完

敬請期待更精采的《天字醫號05》

藥帖

# 【第四帖】

生存：
迎合 一兩
暗藏 六分
威信 十成
暗遁爲引
見風急服

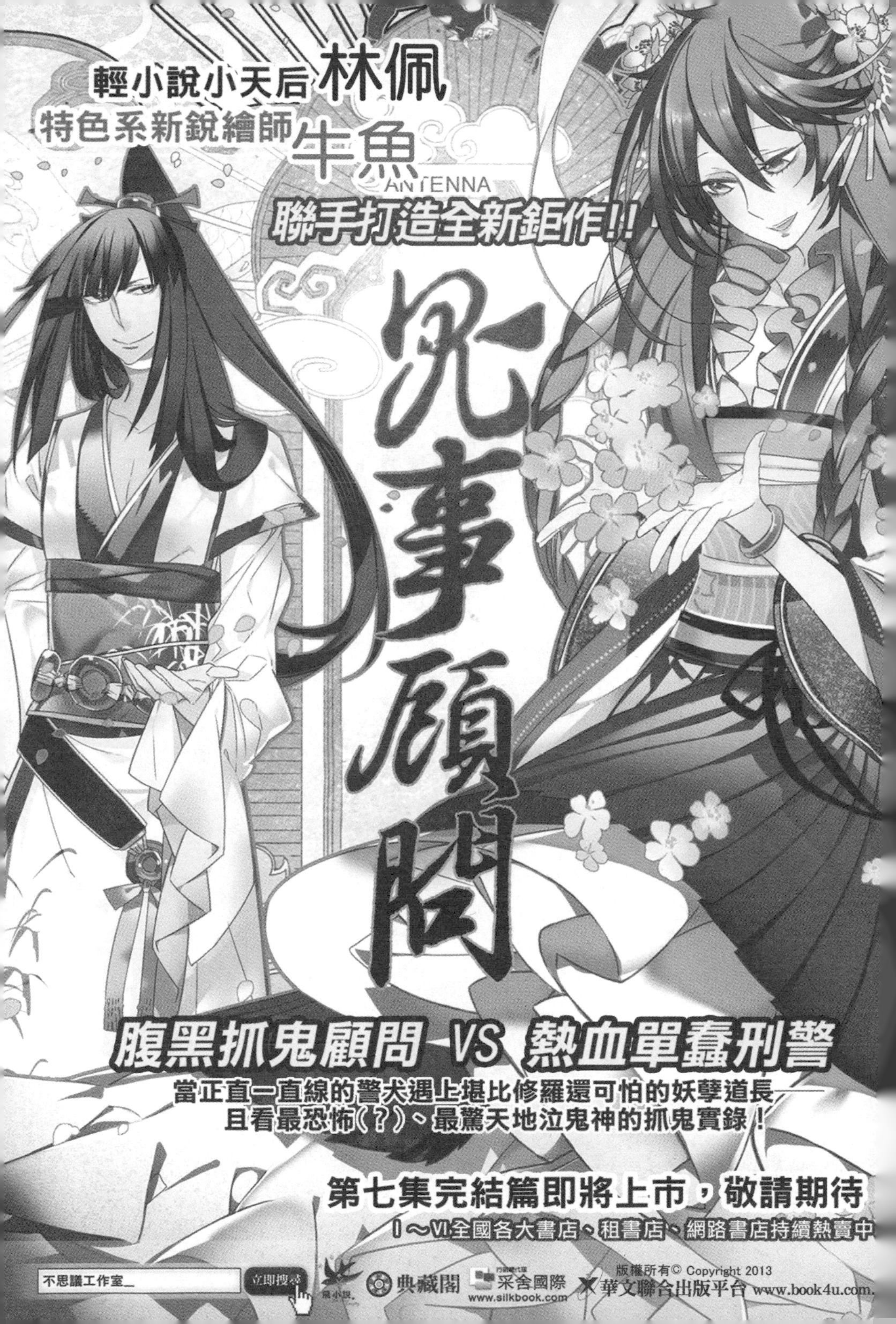
輕小說小天后 林佩
特色系新銳繪師 牛魚
ANTENNA
聯手打造全新鉅作!!
凶事顧問
腹黑抓鬼顧問 VS 熱血單蠢刑警
當正直一直線的警犬遇上堪比修羅還可怕的妖孽道長——
且看最恐怖(?)、最驚天地泣鬼神的抓鬼實錄!
第七集完結篇即將上市，敬請期待
I～VI全國各大書店、租書店、網路書店持續熱賣中
不思議工作室
立即搜尋
典藏閣
采舍國際
www.silkbook.com
版權所有© Copyright 2013
華文聯合出版平台 www.book4u.com.

飛小說系列051

# 天字醫號04

## 得天醫者得天下


出版者■典藏閣
作　者■圓不破　　繪　者■Welkin
總編輯■歐綾纖

製作團隊■不思議工作室

郵撥帳號■50017206 采舍國際有限公司（郵撥購買，請另付一成郵資）
台灣出版中心■新北市中和區中山路2段366巷10號10樓
電　話■(02) 2248-7896　傳　真■(02) 2248-7758
物流中心■新北市中和區中山路2段366巷10號3樓
電　話■(02) 8245-8786　傳　真■(02) 8245-8718
ISBN■978-986-271-338-9
出版日期■2013年4月

全球華文國際市場總代理／采舍國際
地　址■新北市中和區中山路2段366巷10號3樓
電　話■(02) 8245-8786　傳　真■(02) 8245-8718

新絲路網路書店
地　址■新北市中和區中山路2段366巷10號10樓
網　址■www. silkbook. com
電　話■(02) 8245-9896
傳　真■(02) 8245-8819

線上總代理：全球華文聯合出版平台
主題討論區：http://www.silkbook.com/bookclub　◎新絲路讀書會
紙本書平台：http://www.silkbook.com　◎新絲路網路書店
瀏覽電子書：http://www.book4u.com.tw　◎華文電子書中心
電子書下載：http://www.book4u.com.tw　◎電子書中心（Acrobat Reader）

**☞您在什麼地方購買本書？☜**

□便利商店__________市／縣______________________便利超商

□博客來　□金石堂　□金石堂網路書店　□新絲路網路書店　□其他網路平台

□書店______________市／縣____________________書店

姓名：__________地址：____________________________________________

聯絡電話：__________電子郵箱：____________________________________

您的性別：□男　□女

您的生日：__________年__________月__________日

（請務必填妥基本資料，以利贈品寄送）

您的職業：□上班族　□學生　□服務業　□軍警公教　□資訊業　□娛樂相關產業

□自由業　□其他____________

您的學歷：□高中（含高中以下）　□專科、大學　□研究所以上

**☞購買前☜**

您從何處得知本書：□逛書店　□網路廣告（網站：______________）　□親友介紹

（可複選）　□出版書訊　□銷售人員推薦　□其他

本書吸引您的原因：□書名很好　□封面精美　□書腰文字　□封底文字　□欣賞作家

（可複選）　□喜歡畫家　□價格合理　□題材有趣　□廣告印象深刻

□其他______________________

**☞購買後☜**

您滿意的部份：□書名　□封面　□故事內容　□版面編排　□價格

（可複選）　□其他______________________

不滿意的部份：□書名　□封面　□故事內容　□版面編排　□價格

（可複選）　□其他______________________

您對本書以及典藏閣的建議________________________________________

________________________________________________________________

未來您是否願意收到相關書訊？□是　□否

未來若有校園推廣您是否願意成為推廣大使？□是　□否

**感謝您寶貴的意見**

From____________________@______________________________

◆請務必填寫有效e-mail郵箱，以利通知相關訊息，謝謝◆

# 天字醫號

得天醫者得天下

圓不破 Welkin

235 新北市中和區中山路二段366巷10號10樓

**華文網出版集團　收**

（典藏閣－不思議工作室）

印刷品

請貼 3.5元 郵票